MARCELO DUARTE

DETETIVE VAGA-LUME

e o misterioso caso do Escaravelho

MARCELO DUARTE

DETETIVE VAGA-LUME
e o misterioso caso do Escaravelho

Ilustração: Rogério Borges

2ª impressão

Texto © Marcelo Duarte
Ilustração © Rogério Borges

Direção editorial
Marcelo Duarte
Patth Pachas
Tatiana Fulas

Gerente editorial
Vanessa Sayuri Sawada

Assistentes editoriais
Henrique Torres
Laís Cerullo

Assistente de arte
Samantha Culceag

Consultoria editorial
Carmen Lucia Campos

Capa
Rogério Borges

Diagramação
Carolina Ferreira

Preparação
Clarisse Lyra

Revisão
Olívia Tavares
Cristiane Fogaça
Rômulo Luis

Impressão
PifferPrint

CIP-BRASIL. CATALOGAÇÃO NA PUBLICAÇÃO
SINDICATO NACIONAL DOS EDITORES DE LIVROS, RJ

D873d

Duarte, Marcelo
  Detetive Vaga-Lume e o misterioso caso do Escaravelho / Marcelo Duarte; ilustração Rogério Borges. – 1. ed. – São Paulo: Panda Books, 2023.: il.; 21 cm.

ISBN: 978-65-5697-333-3

1. Ficção. 2. Literatura infantojuvenil brasileira. I. Borges, Rogério. II. Título.

23-86514
CDD: 808.899282
CDU: 82-93(81)

Gabriela Faray Ferreira Lopes – Bibliotecária – CRB-7/6643

2025
Todos os direitos reservados à Panda Books.
Um selo da Editora Original Ltda.
Rua Henrique Schaumann, 286, cj. 41
05413-010 – São Paulo – SP
Tel./Fax: (11) 3088-8444
edoriginal@pandabooks.com.br
www.pandabooks.com.br
Visite nosso Facebook, Instagram e Twitter.

Nenhuma parte desta publicação poderá ser reproduzida por qualquer meio ou forma sem a prévia autorização da Editora Original Ltda. A violação dos direitos autorais é crime estabelecido na Lei nº 9.610/98 e punido pelo artigo 184 do Código Penal.

FSC
www.fsc.org
MISTO
Papel | Apoiando o manejo florestal responsável
FSC® C044162

*"Você vê, mas não observa.
A diferença é clara."*

Sherlock Holmes

SUMÁRIO

Prefácio – *O que aprendi com um casal de Vaga-Lumes*, por Carmen Lucia Campos 9

O roubo do Cetro de Spharion 15
Vaga-Lume X Escaravelho 24
Você consegue guardar um segredo? 30
Bem-vindos à ilha Kárabos 32
Quando a tela do celular apagou 43
Um templo de riqueza e ostentação 53
O Escaravelho volta a atacar 60
Seguindo os passos do pai 65
O que um broche pode revelar? 70

Fique tranquila: ninguém viu 79
A queda que acabou em sangue 86
Para que tantas chaves? 92
Um ermitão perdido na ilha 101
Lotação máxima e à prova de fogo 104
Mazé está em apuros 110
Um fantasma à solta 115
Temos uma emergência, Vaga-Lume! 121
Negócio fechado 128
Uma solução para o quebra-cabeça 134
A hora do xeque-mate 137
Tudo o que você precisa é de uma chance 153

PREFÁCIO
O QUE APRENDI COM UM CASAL DE VAGA-LUMES
Carmen Lucia Campos

Os vaga-lumes sempre me fascinaram com seu pisca--pisca natural, mas aqui vou tratar de outros Vaga--Lumes...

Vou começar falando dela: *a* Vaga-Lume. A série que se tornou sinônimo de literatura infantojuvenil brasileira está profundamente ligada a minha vida pessoal e profissional. Aliás, eu li alguns livros da Vaga-Lume antes mesmo de eles fazerem parte dela. É que no início a Vaga-Lume publicava obras que já haviam sido lançadas. Assim vivi as aventuras de *A ilha perdida*, sofri com os personagens de *Éramos seis*, ambos de Maria José Dupré, e acompanhei a dura realidade do *Cabra das Rocas*, de Homero Homem, quando era estudante e a Vaga-Lume nem existia.

Mal podia imaginar que ler livros antes que saíssem pela série Vaga-Lume estava no meu destino!

Ainda na faculdade, fui trabalhar na Editora Ática. A Vaga-Lume alçava, então, seus primeiros voos. Comecei tendo uma relação quase burocrática com a série. Eu fazia parte do departamento de revisão, cuja função era zelar pela correção gramatical e ortográfica dos textos. Depois de alguns anos e de muitas páginas revisadas, aos poucos me envolvi ainda mais com a Vaga-Lume. Até que deixei de revisar os livros para passar a editá-los.

Muita gente me pergunta o que faz o editor: Corrige o autor?! Ensina-o a escrever?! Costumo dizer que o editor é uma espécie de inspetor de qualidade que, com seu olhar ao mesmo tempo técnico e sensível, aponta problemas na história, sugere mudanças e estimula a criatividade do autor.

Uma das minhas funções na Vaga-Lume era produzir relatórios detalhados sobre os textos, que geralmente passavam por diversas versões até serem aprovados. Havia um grupo de colaboradores, sobretudo professores, que avaliava os textos sem saber a autoria. As observações pertinentes eram incorporadas às minhas e discutidas com o autor.

Eu sentia que aqueles para quem os livros eram feitos deveriam ser ouvidos na etapa de construção da história. Passamos, então, a contar também com a avaliação de leitores jovens. E o olhar deles foi muitas vezes decisivo para um autor reformular essa ou aquela passagem do livro. Marcos Rey foi além e reescreveu integralmente *O diabo no porta-malas* após eu lhe relatar que um garoto tinha lido a história, sem saber de quem era, e havia me dito: "Marcos Rey faria melhor".

Foram mais de vinte anos de contato direto com livros e autores. Por isso, digo sempre que a Vaga-Lume me ensinou a editar: a ser uma parceira crítica do autor, uma interlocutora que se coloca no lugar do futuro leitor e aponta caminhos para melhorar o texto. Editar é transitar entre o projeto de quem escreve, a expectativa de quem vai ler e a realidade editorial.

Se minha história com a Vaga-Lume é singular – de leitora a editora – teve alguém que foi mais longe: Marcelo Duarte, um leitor apaixonado pela série que se tornou um de seus autores. Nossos caminhos se cruzaram em 1997, quando ele estreou na Vaga-Lume com *Jogo sujo*, por coincidência no mesmo semestre em que era lançado *Gincana da morte*, de seu ídolo Marcos Rey. Editei ambos os livros e ter proporcionado o encontro de duas gerações de autores foi emocionante.

Minha parceria com o Marcelo se estendeu por mais quatro títulos na série. O tempo passou e seguimos nossos caminhos pelo mundo editorial. E quem diria que justamente a Vaga-Lume faria com que nos cruzássemos novamente?

É aí que entra *o* Vaga-Lume.

Para comemorar os cinquenta anos da Vaga--Lume, Marcelo fez uma bela e criativa homenagem: escreveu um livro que é um legítimo representante da série. Tem aventura, suspense, personagens cativantes e um desfecho surpreendente, além de referências a obras e autores que marcaram milhões de leitores. E, revivendo nossa antiga parceria, editei este *Detetive Vaga-Lume e o misterioso caso do Escaravelho*, que você vai ler.

Para mim foi uma deliciosa viagem no tempo: retomar minha atividade de editora, acompanhar o projeto desde a ideia inicial, exercitar a leitura atenta aos mínimos detalhes da trama, provocar a criatividade do autor, testemunhar a história crescer em emoção e qualidade a cada nova versão e, principalmente, sentir o velho espírito da Vaga-Lume mais vivo do que nunca.

O que aprendi com esse Vaga-Lume?

Ele me ensinou que editar é ser também um pouco detetive, não em busca de provas para incriminar alguém, mas de pistas que ajudem o autor a deixar o texto ao gosto do leitor.

Por falar em detetive, prepare-se para acompanhar as aventuras do detetive Vaga-Lume. Ele vai ter de usar toda sua esperteza para resolver um complicado caso que envolve um empresário ambicioso, um xeque em perigo, dois adolescentes em busca de emoção e muitos suspeitos de terem se apossado de uma peça valiosíssima.

Com certeza você vai se divertir com esta história, seja você um jovem leitor prestes a descobrir o brilho *do* Vaga-Lume, seja você um nostálgico leitor *da* Vaga-Lume.

Boa leitura!

O ROUBO DO CETRO DE SPHARION

"Desejou não encontrar nada sob os lençóis. Assim toda tensão terminaria. Tentou remexer as roupas, mas suas mãos não obedeceram ao comando. Teve de vencer a paralisia de pesadelo para erguer os lençóis sobre o carrinho. Logo encontrou alguma resistência e viu uma mancha de sangue."

Vaga-Lume estava tão compenetrado na leitura do livro que não deu a devida importância para o som de parada do elevador naquele andar. Geralmente, todos que desciam no quarto pavimento saíam direto para a direita, onde funcionava o escritório da Campos, Paixão & Takahashi Agentes Literários. Do seu lado do corredor, as últimas visitas tinham sido apenas de entregadores de comida.

Por isso, ele saltou da poltrona assustado ao ouvir a campainha da sala tocar. Primeiro porque nem se lembrava de como era o som dela. Mesmo o zelador preferia enfiar os boletos e os panfletos de propaganda por debaixo da porta. Apesar de ansioso para saber quem tocava com tanta insistência, ele esperou alguns segundos para não dar a impressão de que estava ali à toa.

– Detetive Vaga-Lume? – perguntou o homem assim que ele abriu a porta. Sem esperar pela resposta, foi logo entrando.

– Perfeitamente. Detetive Vaga-Lume – apresentou-se. – Sempre iluminando os casos mais obscuros.

– Com licença, muito prazer. Sou Nikolaos Kárabos. Você já deve ter visto o meu rosto nos jornais, na TV, na internet...

O detetive fez que sim com a cabeça por puro instinto, já que não fazia a menor ideia de quem era aquele estranho à sua frente. O homem tinha estatura mediana, pele muito bronzeada, cabelos prateados levemente ondulados e rugas suaves ao redor dos olhos azuis e da boca.

– Eu era o dono do Emperor Park Hotel, o mais luxuoso cinco estrelas de São Paulo.

Agora sim Vaga-Lume sabia de quem se tratava. O Emperor Park era um hotel de vinte e poucos andares, instalado no bairro mais nobre da cidade. Sete anos antes, um rumoroso assassinato num dos quartos fez o hotel cair em desgraça e decadência. Cheio de dívidas, fechou as portas três anos depois. Uma rede francesa comprou o prédio, reformou-o e inaugurou ali um hotel com outro nome. Vaga-Lume tirou uma pilha de revistas desbeiçadas de uma poltrona gasta e a ofereceu ao raro cliente para se sentar.

— Lembro bem do caso, estava no noticiário o tempo todo — puxou pela memória o detetive.

— Nem me fale. Foi uma tristeza. Meu coração ficou pequenininho. Mas evidente que não vim até aqui para ficar lamentando o passado. O que passou, passou.

— Então me diga, o que o traz ao meu escritório? — perguntou Vaga-Lume, curioso.

— Um roubo.

— Mas eu nem falei ainda quanto cobro!

— Você não me entendeu. O que me trouxe aqui foi um roubo que aconteceu na madrugada de quarta para quinta-feira.

— Fale mais sobre isso — pediu Vaga-Lume.

— Investi tudo o que tinha e o que não tinha num novo empreendimento, o Emperor Beach Resort, que será inaugurado na terça que vem.

— Beach Resort... Um hotel de praia?

— Um hotel de praia, não. *O* hotel de praia. Construí o mais majestoso resort, numa ilha particular, exclusiva, só para clientes VIP.

— Uau! — Vaga-Lume suspirou, imaginando piscinas cheias de cédulas e moedas de várias nacionalidades, como a caixa-forte do Tio Patinhas.

17

— O projeto é ambicioso. Ambicioso até demais, eu sei. Tanto que me endividei além da conta.

"Se ele veio aqui me pedir dinheiro emprestado, eu já vou dizer que não tenho, porque não tenho mesmo", pensou Vaga-Lume nesse ponto da conversa.

— Por causa disso, eu estou negociando a entrada de um xeque árabe na sociedade — abriu o jogo Nikolaos. — Ele irá comprar à vista cinquenta por cento do hotel. É a única chance que tenho de levar esse empreendimento adiante.

— Sei. Estou entendendo. Continue.

— Tudo ia caminhando como nas mil e uma noites, quando... tivemos esse roubo no hotel — o empresário fez cara de alarmado.

— Roubo do que exatamente? Prataria, dinheiro, joias?

— Vou explicar: o pai do xeque morreu de uma hora para outra há três meses e seus primogênitos são gêmeos. Começou assim uma luta para saber quem deveria ser o sucessor do trono do reino de Asfaha.

— Sei onde fica Asfaha — apontou o detetive para um pontinho vermelho no globo terrestre que estava sobre sua mesa. — É um país minúsculo no centro do Oriente Médio, mas podre de rico em petróleo.

— É isso mesmo — assentiu Nikolaos. — Já foi para lá?

— Não, não. Sempre tirei boas notas em geografia.
— Seu histórico escolar não vem ao caso agora — cortou o empresário de forma grosseira. — O xeque Tarum Alqadin é o mais querido pelo povo. Mas o irmão dele, Fustár, se alinhou com as forças de segurança asfahaenses e começou uma perseguição implacável a todos os aliados de Tarum, incluindo políticos, empresários e jornalistas. Só restou a ele fugir. Tarum veio para o Brasil com a mulher, dois filhos pequenos, uma babá, seu principal assessor, um intérprete e três seguranças.

— Ufa, pelo menos aqui ele está a salvo.

— Não é bem assim — corrigiu Nikolaos. — Ao deixar Takat, capital de Asfaha, ainda que às pressas, o xeque teve tempo de apanhar o Cetro de Spharion, uma peça sagrada usada no momento mais importante da cerimônia de coroação.

— Caramba, quantos nomes difíceis — surpreendeu-se o detetive. — Como você consegue dizer todos eles?

— É fichinha. Esqueci de contar que minha família é da Grécia. Portanto, eu falo *até* grego! — sorriu Nikolaos.

— Engraçado isso — Vaga-Lume riu também. — Me diga o que é o Cetro de... do que mesmo?!

— De Spharion. É o nome de um herói do povo de Asfaha. Ele lutou contra o exército de um reino

19

vizinho, bem mais poderoso, e venceu. Em agradecimento, recebeu o cetro.

– Quando foi isso? – perguntou Vaga-Lume.

– Faz tempo. O Cetro de Spharion tem cerca de mil anos. Mede trinta centímetros de comprimento mais ou menos – fez um gesto com as mãos para ilustrar a informação. – É todo em ouro e cravejado com doze grandes diamantes. Cada um representa uma virtude que o governante do país deve ter, como ética, honestidade, justiça, humildade, coisas assim.

– Deve valer uma fortuna.

– Sim, vale. Mas não é isso que importa. O Cetro de Spharion tem um valor simbólico gigantesco para o povo de Asfaha, entende? O irmão do xeque ficou furioso e prometeu que viria atrás dele para buscar a peça.

– Nossa, que confusão – naquele momento, Vaga-Lume começou a deduzir onde é que ele participaria da história.

– Um assessor do xeque tinha entrado em contato comigo há algum tempo – explicou Nikolaos. – Estava interessado em investir no Brasil e ficou sabendo de meu novo hotel. Quando teve que fugir, ele se lembrou que o resort fica numa ilha e achou que estaria mais protegido aqui. Ele tem muito medo da falta de escrúpulos do irmão.

DETETIVE VAGA-LUME

— Pode ser que ele nunca mais consiga voltar ao país dele — disse Vaga-Lume.

— Esse risco é real. Tarum precisará de ajuda internacional para tirar o irmão do poder. Ele me falou que tem uma audiência marcada com o secretário-geral da ONU no mês que vem.

— Quando ele se hospedou na sua ilha? — quis saber o detetive.

— No começo da semana passada. Fizemos um esquema especial para ele antes da inauguração. Só ele está hospedado lá por enquanto. Nós nos oferecemos para guardar o cetro no cofre enquanto o xeque estivesse conosco. Mas o nosso esquema de segurança falhou.

— Quer dizer que...

— Na manhã de ontem, encontramos o cofre aberto. No lugar do Cetro de Spharion, o que havia era este bilhete aqui — Nikolaos sacou um pedaço de papel do bolso da jaqueta.

Vaga-Lume o apanhou, colocou os óculos e leu em voz alta:

> Um pequeno ladrão é colocado na cadeia.
> Um grande bandido torna-se governante de uma nação.
> Assinado: Escaravelho.

– Quem é esse tal de Escaravelho? – questionou o detetive. – E que letrinha horrível, hein? Parece que nunca teve um caderno de caligrafia na vida.

– Quem é o Escaravelho? Ótima pergunta. Se soubesse, eu não estaria aqui – respondeu Nikolaos.

– Foi o que eu suspeitei – disse Vaga-Lume, dobrando o bilhete para colocá-lo no bolso. – Agora você precisa de uma mente brilhante, astuta, fora do comum para descobrir quem é o ladrão? Por isso chegou até mim?

– Não foi bem por isso. Preciso de alguém muito discreto. O xeque não pode pensar que o resort é inseguro de forma alguma. Pelo que pesquisei, você é um investigador experiente, nada badalado e o único que achei que não tem conta no TikTok. É exatamente o que eu estou precisando.

– Nada de "mente brilhante"?

– Não foi isso o que quis dizer. Preciso descobrir quem levou o cetro. Se acontecer algo a esse resort, como aconteceu com o meu cinco estrelas, estarei arruinado para todo o sempre. Suspendi o serviço de barcos do resort para o continente. Todos que estavam na ilha na noite do roubo continuam lá, não podem sair.

– Obviamente você tem imagens do sistema de câmeras de segurança, certo? – perguntou Vaga-Lume.

– Não, não. Houve um atraso na instalação, por isso nada foi gravado.

O detetive deu um sorriso amarelo, como que para ganhar tempo e pensar na próxima pergunta:

– Quanto tempo temos até que o xeque dê pela falta da peça?

– Como eu comentei, a inauguração do Emperor Beach Resort acontecerá daqui a quatro dias e ele pretende exibir o cetro no jantar de gala. Seria o ápice de nosso evento.

– Hummm... Terça-feira. Não temos tempo a perder! – disse Vaga-Lume.

Nikolaos fez uma oferta recheada com muitos números, e Vaga-Lume aceitou a proposta na hora. Ele prometeu fazer o adiantamento de metade da quantia assim que desembarcasse na ilha.

– Só tenho um problema – avisou o detetive.

VAGA-LUME X ESCARAVELHO

Nikolaos estava ali para resolver seu problema, não para arrumar um novo. Mesmo assim, achou por bem ouvir o que o detetive tinha a lhe dizer:
— Que tipo de problema?
— Neste fim de semana prolongado, eu fico com o meu filho — Vaga-Lume deu uma coçadinha de leve na cabeça. — A mãe dele, minha ex-mulher, vai aproveitar o feriadão e viajar com umas amigas, e eu não vou conseguir trocar a data com ela.
— Você não tem ninguém para ficar com ele? — disse Nikolaos nada tranquilo.
— Minha mãe não está muito bem de saúde, anda se esquecendo muito das coisas, não posso pedir a ela.
— Um irmão? Uma irmã?
— Sou filho único.
— Nem uma namorada? — insistiu Nikolaos.
— A última terminou comigo por causa de umas malcriações que o menino fez com ela.
— Hummm... E essa agora... — bufou o homem. —

Que idade ele tem?

— Ele é adolescente, tem treze anos.

— O hotel ainda está em obras. Na verdade, estamos na fase final. Faltam pequenos detalhes. Mas precisamos tomar certos cuidados. Você acha que ele ficaria fechadinho no quarto, sem sair? Podemos encher o frigobar. O televisor tem setenta e cinco polegadas.

— Creio que sim — Vaga-Lume abriu aquele sorriso de quem percebe que as coisas estão se encaminhando para dar certo. — Lá em casa, ele só sai do quarto para almoçar e jantar. E mesmo assim de má vontade.

— Então pode levá-lo também — convenceu-se Nikolaos. — Mas vou repetir um milhão de vezes: a investigação deve ser muito discreta. Você precisa agir na sombra.

— Não existe ninguém melhor que um vaga-lume para isso.

Os dois selaram o acordo com um aperto de mãos. Combinaram que Vaga-Lume iria para a ilha na manhã seguinte. Quando Nikolaos saiu, o detetive deu um soco no ar, como se comemorasse um gol, e depois se beliscou para ver se tudo aquilo era verdade mesmo.

Tinha que se apressar. Passaria no apartamento da mãe para se despedir. Vaga-Lume ligou antes para ver se ela precisava de alguma coisa.

— Só preciso de feijão, meu filho. Um quilo de feijão-preto.

Antes de desligar o computador, Vaga-Lume deu uma espiada na localização da tal ilha, perdida no meio do oceano Atlântico. Recolheu as embalagens plásticas de jujuba, amassadas e vazias, que estavam espalhadas pela mesa. Tirou o lixo do banheiro, acumulado ali havia uma semana. Viu sua imagem refletida no espelho: os cabelos ralos começavam a esbranquiçar, o rosto estava mais redondo. Lamentava os cinco quilos que ganhara no último ano e se preocupava com as camisas que ficaram apertadas. Apagou as luzes e trancou a porta. Deu uma olhada na placa que tinha colocado na porta: "Detetive Vaga-Lume – Investigações Particulares". Cansado de tantos trabalhos pequenos e mal remunerados, que quase não pagavam as contas no fim do mês, ele falou baixinho para que apenas a placa ouvisse:

– Você vai brilhar, Vaga-Lume. Acabaram-se os dias de invisibilidade.

No caminho da casa da mãe, o detetive cinquentão parou num supermercado e apanhou o pacote de feijão da marca que ela gostava. Ao passar pela padaria, sentiu o cheiro do sonho com creme que acabara de sair do forno. Sua mãe era louca por sonhos. Pediu um para lhe fazer uma surpresa.

Vaga-Lume estava funcionando praticamente no piloto automático. Sua cabeça parecia já ter ido para o hotel de praia. A ansiedade com o caso lhe absorveu por inteiro. Quem seria o tal Escaravelho? Como conseguiu passar pelo esquema de segurança? Qual seria seu plano para escapar da ilha com o valiosíssimo cetro? Distraído, ele só escutou a voz do caixa do supermercado perguntando pela terceira vez:

– É só isso, senhor?

– Sim. Só o feijão e o sonho, por favor.

Vaga-Lume pagou e saiu. Passou em frente ao Cine Luminoso, que exibia *A maldição do tesouro do faraó*, *remake* de um filme a que ele havia assistido na adolescência. Ali ao lado, na Casa de Doces do Xisto, comprou um bom estoque de sua bala de goma preferida. Cortou caminho pela rua Quinze, na qual morou na infância e onde tinha uma boa turma de amigos. Alguns colegas daquela época – Quito, Miguel, André e Josué – ainda viviam ali e se encontravam com Vaga-Lume de vez em quando. Chamavam Vaga-Lume de Pirilampo, só de zoação. Em menos de cinco minutos, chegou à casa da mãe para contar a novidade.

– Isso que você vai fazer lá não é perigoso, não? – perguntou ela meio ressabiada.

– Fique sossegada. Seu filho sabe se cuidar – Vaga-Lume fez questão de tranquilizá-la. – Não vejo a hora de começar essa investigação.

— Tinha mais sossego quando as pessoas contratavam você para procurar um gatinho perdido ou para seguir algum adolescente rebelde.

— O que é isso? Parece que você não acredita no meu potencial. Serei agora um investigador de grandes casos.

— A culpa é do seu pai, que só te dava livros do tal Sherlock *Gomes* quando você era criança.

— Sherlock Holmes, mãe!

— Gomes, Holmes, Jones... tanto faz. Por mim, você seria advogado, procurador, juiz, não esse negócio de de-te-ti-ve. Esse nome que você inventou é ridículo. Eu e seu pai demoramos tanto para chegar a um acordo e, do nada, num belo dia, você me vem com essa de "Vaga-Lume". Isso é nome de escola de samba.

— A escola de samba é Beija-Flor, mãe!

— Beija-flor, vaga-lume, tanto faz. Tudo voa. E tem esse Escaravelho aí da história. É gente perigosa, meu filho. Toma muito cuidado.

Vaga-Lume achou que não era o caso de comentar que Leandro iria junto com ele para a ilha. Ligou para o filho de dentro do táxi (ele se deu ao luxo de trocar o ônibus por um táxi naquele dia) e contou que eles viajariam na manhã seguinte. O menino bufou, reclamou, protestou, criticou, desaprovou, suplicou e implorou para não ter que acordar cedo num sábado. De nada adiantou. O pai avisou que iria apanhá-lo às seis e meia em ponto. E não admitiria atraso.

Ao chegar ao apartamento, Vaga-Lume alimentou o gato, mas ele mesmo não quis saber de jantar. Não conseguiu pegar no sono um minuto naquela noite. Estava para começar o embate dos séculos, ou melhor, dos insetos: Vaga-Lume X Escaravelho.

VOCÊ CONSEGUE GUARDAR UM SEGREDO?

Vaga-Lume resolveu ir caminhando até seu antigo endereço, onde Leandro e a mãe continuavam morando. A avenida Ramon Vargas ficava a quinze minutos de distância a pé. Naquela manhã de sábado, ele chegou em apenas dez. Tocou o interfone, e Leandro desceu com a mochila logo depois. Estava com a cara emburrada.

— Para onde nós vamos? — perguntou, pulando o "Bom dia!" e o "Tudo bem, pai?" que Vaga-Lume esperava receber.

— Vamos para um hotel luxuoso numa ilha.

— Para de bobeira e fala sério! — reclamou o garoto.

— Estou falando sério. Vamos pegar um barco.

— Desde quando você tem dinheiro para pagar uma viagem de barco e um hotel de luxo? — indagou Leandro.

— Foi dinheiro do céu — Vaga-Lume disse a primeira coisa que lhe veio à cabeça.

— No dia em que cair dinheiro do céu, você vai estar de guarda-chuva — o humor de Leandro não estava nada bom naquele horário do dia.

Enquanto esperava o motorista de aplicativo chegar, Vaga-Lume resolveu ser transparente com o filho e contar o que, de fato, ele estava indo fazer na ilha.

— Você consegue guardar um segredo? — perguntou, ainda que já estivesse disposto a falar, qualquer que fosse a resposta.

Leandro ouviu a história um tanto incrédulo: ilha particular, resort de luxo, empresário endividado, xeque árabe em fuga, um irmão querendo vingança, cetro sagrado roubado... O pai nunca havia feito uma investigação tão intrincada.

— É só ver as imagens das câmeras de segurança, não? — deduziu Leandro, quando os dois entravam no carro.

— Foi uma das primeiras coisas que perguntei ao Nikolaos — concordou o pai, feliz com a observação do filho. — Mas elas não estavam funcionando ainda.

— Algum rastro esse ladrão deve ter deixado — disse Leandro, que já não tinha mais nada a ver com aquele garoto de cara fechada de cinco minutos antes.

— É justamente o que estou indo buscar lá.

— Nós vamos encontrar essa pista, pai.

— É sobre esse "nós" que preciso falar com você.

BEM-VINDOS À ILHA KÁRABOS

Vaga-Lume e Leandro eram os únicos passageiros do barco *Egeu*, que tinha capacidade para mais dezoito pessoas além da tripulação. Leandro acabou cochilando assim que deixou a marina e despertou perto do destino. Levaram vinte e cinco minutos para chegar à ilha, tempo que Vaga-Lume usou para conversar com o capitão. Nikolaos estava no píer para recepcionar o detetive e o filho.

– *Kaliméra*! – saudou o empresário, soltando um bom-dia em grego. – Sejam bem-vindos à ilha Kárabos!

Por causa do sol forte, ele vestia calça e camisa brancas de linho, bem largas, e chapéu-panamá. Acenou amistosamente para os dois.

– Kárabos?! Caramba, que nome é esse? – cochichou Leandro para o pai ainda no barco.

– Kárabos é o sobrenome dele – explicou Vaga-Lume, se preparando para descer.

O pequeno trajeto entre o píer e o hotel foi feito num carrinho elétrico costumeiramente usado em

Vaga-Lume e Leandro chegam à ilha Kárabos e quem estava no píer para recepcioná-los é Nikolaos, dono do Emperor Beach Resort, local do misterioso roubo.

campos de golfe. O Emperor Beach Resort era uma edificação branca de quatro andares, cercada de muita vegetação. Havia ainda alguns chalés ao redor do prédio principal. No caminho, Nikolaos explicou que todo o projeto arquitetônico remetia às vilas de praia gregas, de onde seus pais saíram no começo do século XX para tentar a sorte no Brasil.

— Eu digo brincando que, nas minhas veias, corre azeite de oliva, não sangue — disse Nikolaos.

Contou que o pai e a mãe morreram quando ele era adolescente. Ele e seus três irmãos foram morar com duas tias solteiras, Zula e Joia. Foram elas que, algum tempo depois, lhe arrumaram um emprego de *bellboy* num hotel importante no centro da cidade.

— O que é um *bellboy*? — Leandro nunca tinha ouvido aquela palavra.

— É um funcionário, geralmente mais jovem, que faz pequenos trabalhos no hotel — explicou Vaga-Lume. — Ajuda os hóspedes com as malas, chama táxis, leva recados para os apartamentos, coisinhas assim. Tem esse nome porque são chamados pelos recepcionistas com uma sinetinha. *Bell*, em inglês.

— Seu pai sabe tudo. É isso mesmo, Vaga-Lume — elogiou Nikolaos. — Eu não teria explicado melhor. Saiba, menino, que, como *bellboy*, eu ganhava boas gorjetas e comecei a ajudar a família. Éramos seis

numa casa de dois quartos. Passamos vários apertos. Economizei bastante e prometi para mim mesmo que compraria um hotel quando crescesse. Aqui estou.
– Realmente uma história incrível – aplaudiu Vaga-Lume.
– Os hóspedes vão se sentir em Santorini quando desembarcarem aqui – vangloriava-se o empresário.
– Você já foi à Grécia, Vaga-Lume?
– Não. O mais perto que eu cheguei da Grécia foi quando comi um churrasquinho grego no Largo do Paissandu.

Nikolaos não parava de disparar adjetivos para seu empreendimento. "Suntuoso", "impressionante", "magnífico", "extraordinário", "fabuloso", "encantador", "formidável" foram alguns deles. Leandro sentiu cócegas no pensamento quando imaginou o dono do hotel acrescentando um "megablaster" à lista. Vaga--Lume, por sua vez, ouvia tudo demonstrando o maior interesse. Percebeu que partes das instalações recebiam os últimos retoques de um grupo de funcionários.

– Como moldura para essa obra-prima, temos ainda este lindo mar à nossa frente – emocionou-se o empresário. – É ou não é o hotel mais maravilhoso do Brasil? Não foi à toa que o xeque nos escolheu.

Ao chegarem à recepção, luxuosa e imensa, Nikolaos pediu que a recepcionista registrasse os dados biométricos e entregasse o cartão de acesso ao quarto para Leandro. Recomendou que ela mesma levasse o garoto até o segundo andar. Não queria que ele andasse sozinho pelo hotel. Enquanto isso, ansioso, o dono do Emperor pediu que o investigador o acompanhasse até o cofre:

— Quero que você conheça onde tudo aconteceu.

Os dois foram caminhando pelos corredores largos do Emperor. O cheiro de tinta fresca ainda era perceptível. Cruzaram as salas de reunião, batizadas com nomes de ilhas gregas (Mykonos, Creta, Milos e Paros). Passaram pelo centro de beleza e estética. Pelo salão de chá. Pelas lojinhas. Pelo bar, com uma pista de dança toda espelhada. Pela piscina envidraçada e pelas saunas seca e a vapor.

— Ali será o spa canino — apontou Nikolaos. — Teremos banho, tosa, massagem e acupuntura. Os cãezinhos também são tratados aqui como clientes especiais.

— As definições de "um dia de cão" foram atualizadas — divertiu-se Vaga-Lume.

Andaram depois pelo gigantesco auditório, onde o detetive foi apresentado rapidamente a Atíria, diretora-geral do hotel. Dona de um sorriso que Vaga-Lume considerou caloroso, ela tinha longos cabelos pretos que caíam em cascata pelos ombros. Ela estava dando uma palestra à nova equipe. O detetive notou que todos eram muito jovens, bonitos, bronzeados e tatuados. A própria Atíria exibia uma tatuagem colorida de borboleta entre a nuca e o ombro.

– Só gente bonita vai trabalhar aqui, viu só? – continuou se vangloriando Nikolaos ao deixar o salão.

– Obrigado pela parte que me toca – respondeu o investigador.

– Você é um sujeito engraçado – riu o empresário.

– Vou refazer a frase: fora você, só gente bonita vai trabalhar aqui.

– Como estou recebendo bem, vou me abster de fazer qualquer comentário a respeito dessa sua última observação. Aliás, não se esqueça do nosso acordo. Metade do valor combinado assim que desembarcasse na ilha. Pois aqui estou.

– Não esqueci, não. Vou providenciar o pagamento. Daqui a pouco o dinheiro estará na sua conta. Mas, antes, preciso lhe fazer um alerta. Percebi que você ficou meio... meio abobado quando foi apresentado à Atíria.

– Impressão sua. Tenho essa cara de abobado o tempo todo, não reparou?

– Espero que seja isso mesmo. É bom que você saiba que ela é minha filha mais velha. Ática, a mais nova, também está aqui. Mora fora, mas veio com o marido para a inauguração. Nada de gracinhas com elas.

– Gracinhas, eu? Estava apenas impressionado com a equipe que ela formou. Parecia até uma convenção de agências de modelos.

– Ótima definição – aprovou Nikolaos. – É isso mesmo. Os funcionários do Emperor Beach Resort são modelos. Gente rica só quer conviver com gente linda. Pois é assim que os hóspedes vão enxergar o paraíso.

– Prometo que, enquanto estiver trabalhando aqui, vou fazer um pouco de musculação e tomar sol todas as manhãs.

– Experimente fazer isso para ver o que vai acontecer – reagiu Nikolaos. – Não estou te pagando para se bronzear, lembre-se. Você está aqui para fazer perguntas, fuçar a história das pessoas, cavoucar pistas, desvendar o mistério do cetro. Ademais, com a bolada que vai receber por essa investigação, você e seu filho poderão se hospedar e usufruir de todo o nosso conforto futuramente.

– Por esse luxo todo, acho que eu só teria dinheiro para pagar por quinze minutos de hospedagem. E olhe lá.

Entraram finalmente no escritório de Nikolaos. A sala era enorme. Pelos cálculos visuais de Vaga-

-Lume, ela deveria ser maior que o apartamento em que ele morava. O cofre ficava nos fundos da sala, protegido por uma porta que deveria pesar mais de uma tonelada.

– Onde estava a joia? – quis saber Vaga-Lume.

Nikolaos fez força para empurrar a porta, que estava semiaberta. Entrou e apontou o compartimento onde o Cetro de Spharion tinha sido guardado. Mostrou também que as paredes, o piso e o teto eram todos blindados. Só daria para entrar pela porta.

– Por que o cofre não está fechado? – estranhou Vaga-Lume.

– Só havia uma peça dentro dele, que foi roubada – respondeu Nikolaos. – Vou fechá-lo agora para guardar o quê? O oxigênio? Isso temos de sobra na ilha. Deixei a porta aberta para colocar o cetro de volta assim que você o encontrar para mim.

– Qual é o mecanismo para a abertura do cofre? – continuou perguntando o detetive.

O empresário explicou que cinco pessoas tinham as chaves do cofre. Para garantir a segurança, ele só poderia ser aberto se duas delas fossem acionadas ao mesmo tempo.

– A porta só pode ser aberta em dupla. E não havia a menor chance de arrombar esse cofre. Na quinta de manhã, quando entrei aqui e dei por falta da peça, chamei Solano.

— O que vocês fizeram então? — questionou Vaga-
-Lume.

— A primeira coisa foi perguntar se todos estavam com as suas chaves. Estavam. Fizemos uma discreta investigação durante o dia e não encontramos pista alguma. Por isso, decidi procurar um detetive profissional.

— Quem são as pessoas que têm as chaves?

— Solano, o nosso chefe de segurança. Senghor, uma espécie de braço direito do xeque. Angélica, nossa gerente de hospitalidade. E, por último, Atíria, minha filha, diretora-geral.

— Faltou uma. Não são cinco? Você só falou quatro pessoas.

— Eis aí outro mistério para você decifrar, detetive. A minha chave sumiu poucas horas antes do roubo do cetro. Por descuido, eu a deixei em cima da mesa. Quando me dei conta, meia hora depois, voltei para o escritório e ela não estava mais aqui.

— O que você fez então? — surpreendeu-se Vaga-
-Lume.

— Meu plano era entrar em contato com o fabricante e pedir o cancelamento da minha chave. Não deu tempo.

— Sei. O ladrão, portanto, não é um. São dois "Escaravelhos" — Vaga-Lume tirou o saquinho do bolso e comeu três jujubas de uma vez só. Mastigar os docinhos, dizia, ajudava seu cérebro a pensar melhor.

— Sim, são duas pessoas agindo juntas.

— Todos sabiam que o sistema de câmeras de segurança ainda não estava funcionando? — prosseguiu o detetive.

— Penso que sim. Ou melhor, tenho certeza que sim.

— Quem sabe que o cetro foi roubado?

— Apenas Solano, Angélica, minhas filhas, eu e você. O xeque e sua comitiva não sabem de nada ainda.

— Vou começar interrogando os quatro. Quero ouvir, antes de mais nada, o que eles têm a dizer.

— Imagino que minhas filhas não estejam na sua lista de suspeitos. Seriam as últimas pessoas do mundo a quererem me prejudicar, não é mesmo?

— Se você tem sido um bom pai, imagino que elas não fariam isso — concordou Vaga-Lume. — Alguém poderia ter entrado ou saído da ilha sem ser de barco?

— Temos um heliponto atrás do edifício principal, perto das cocheiras dos cavalos. Ninguém deixou a ilha depois do assalto. Só você e seu filho é que entraram agora.

— Tem o piloto do barco...

— Ele dorme no continente. Não estava aqui na noite do roubo. Os pilotos têm ordens para ficar no atracadouro. Não sobem para o hotel.
— Certo — disse Vaga-Lume. — Bem, precisarei interrogar um por um. Quero entender a relação entre cada pessoa. Também necessito ter acesso livre para circular pelo hotel.
— Atíria irá providenciar tudo isso para você. Se descobrir qualquer pista, por favor, me avise imediatamente.

QUANDO A TELA DO CELULAR APAGOU

Enquanto aguardava a liberação de uma sala, Vaga--Lume foi ver se o filho estava bem instalado. O quarto reservado para os dois ficava no começo do corredor do segundo andar, perto dos elevadores. Ele tinha vista para um bosque, e não para o mar. O pai tropeçou num dos tênis de Leandro largado na entrada.

– Filho, coloque suas coisas no lugar, por favor – pediu. – Não vá deixar isso aqui do mesmo jeito que o muquifo do seu quarto.

– Não sei o que é "muquifo".

– É só procurar o significado aí nesse aparelho que não sai da sua mão. Mas eu vou facilitar sua vida: muquifo é um lugar sujo, bagunçado.

– Por que você não falou logo assim, em vez de querer falar difícil? – e, fazendo careta, repetiu: – Mu-qui-fo.

– Foi para aumentar o seu vocabulário.

– Quando eu quiser aumentar meu vocabulário, eu peço um dicionário de presente de Natal, tá?

Antes que a discussão aumentasse, e não o vocabulário, Vaga-Lume deu as costas para o filho e iniciou uma inspeção nas instalações do quarto. Espiou o banheiro e abriu o frigobar.

— Que belo quarto! — aprovou o detetive. — Viu o tamanho da banheira? Não será difícil passar o fim de semana aqui. Olha só. A TV tem todas as plataformas de *streaming*.

— Você não deveria estar investigando as coisas lá fora? Não foi para isso que você veio? Para descobrir quem roubou a varinha mágica?

— Não é varinha mágica. Estamos falando de um xeque árabe, não de Harry Potter. É um cetro muito valioso. Mas lembre-se que isso é um segredo nosso. Essa informação não pode sair desse quarto, tá *cetro*?

— Qual é o telefone de contato? — perguntou Leandro.

— Contato do quê?

— Do seu show de piadas infames.

Vaga-Lume achou graça.

— Já que não posso investigar com você, tô aqui jogando de boa — avisou Leandro. — Não dá pra conversar agora.

— Estou saindo, estou saindo. Para pedir comida, você só precisa digitar o número 9 e falar na copa.

— Tem que pagar? – perguntou Leandro.
— Não. É tudo por conta da casa.
— Aí sim! Vou ligar pra lá agora.

* * *

De repente, a tela do celular de Leandro ficou toda preta. A bateria acabou no melhor momento do jogo. Leandro procurou, procurou e não encontrou o carregador em sua mochila. Lembrou que tinha esquecido dele ao sair com sono de casa naquela manhã. "Isso é o que dá acordar tão cedo", amaldiçoou em pensamento.

— E agora? O que eu faço? Vou ter que achar o meu pai para pedir emprestado o carregador.

Precisava ir atrás dele, mesmo tendo recebido ordens expressas de não sair do quarto. Claro que o "em hipótese alguma" não fazia referência a um caso de vida ou morte como aquele. Era uma boa chance de dar uma passeadinha também.

Leandro tomou o cuidado de espiar os dois lados do corredor antes de sair e fechar a porta. Onde seu pai poderia estar? Sem celular, não conseguia ligar e perguntar. O jeito seria andar pelo hotel até encontrá-lo.

— Num lugar tão grande assim, vou precisar de muita sorte.

* * *

Leandro pegou o elevador e foi direto para o térreo. Zanzou algum tempo sem saber que direção tomar. Passou discretamente pelo saguão e seguiu a placa que indicava a academia de ginástica. Assombrou-se com um espaço cheio de equipamentos que lembravam robôs de filmes de ficção científica. Viu ao lado uma sala de recreação infantil toda enfeitada e acabou indo parar num terraço com vista para o parque aquático. Três piscinas de diferentes tamanhos e formatos – até com toboáguas. Ele ficou olhando os técnicos que faziam testes com uma fonte luminosa, que parecia dançar conforme a música tocada. Leandro achou aquilo interessante, mas encontrar o carregador do pai era bem mais importante.

– Oi! – disse uma garota que se materializou de repente ao lado dele. – Você parece perdido...

Ela tinha olhos meigos, guardados por óculos grandes e redondos, um dente da frente ligeiramente lascado e fazia um pouco de malabarismo para amestrar os cabelos pretos selvagens com uma mecha azul na frente. Os dois eram quase da mesma altura. A menina vestia legging preta, camisetão com uma frase engraçada ("Eu não mato aula. Ela é que me mata.") e tênis de cano alto sem meia.

— Estou só procurando o meu pai — respondeu Leandro.
— Posso te ajudar a fazer isso. Meu nome é Maria José, mas prefiro que você me chame de Mazé. Quando eu falo que me chamo Maria José, as pessoas pensam que eu tenho oitenta anos.
— É um nome bonito, eu gosto.
— Se gosta de Maria José, seu nome deve ser Cláudio Renato ou coisa parecida. Acertei?
— O meu nome é Leandro.
— Leandro? Posso te chamar de Lelê? — entusiasmou-se ela.
— Não. É Leandro.
— Mas fica mais legal Mazé e Lelê.
— Por quê? Por acaso você está pensando em formar uma dupla sertaneja comigo?
— Não, não. Vou procurar mais quatro chatos iguais a você e criar uma banda de K-pop.

Os dois ficaram trocando olhares indignados. Não foi um bom começo. Até que Mazé resolveu mostrar a onça amarela de pelúcia que ela trazia.

— Esqueci de apresentar a minha melhor amiga, Pimpa — e depois disse, dirigindo-se ao bichinho: — Pimpa, esse é o senhor Leandro. Muito prazer, senhor Leandro. Agora que todos já foram apresentados, vamos conversar um pouco. Me diga, senhor

Leandro, está gostando deste hotel?
— Não quero que me chame de senhor Leandro. É só Leandro.
— Sim, senhor! — ironizou ela.
— Cheguei faz pouco tempo e estava no quarto até agora. Só sei que o wi-fi funciona bem pra caramba.
Mazé riu pela primeira vez. Aquele menino parecia ser boa gente.
— Quantos anos você tem? — ela estava curiosa para saber.
— Treze e meio — respondeu Leandro.
— Eu já tenho catorze.
— Pensei que você tivesse doze.
— Tá de brincadeira, né? Sou mais alta que você.
— Seu cabelo é mais comprido. Só isso.
— Para de falar bobagem e me diga o que você veio fazer aqui.
— Eu?
— Não. Estou falando com esse guarda-sol atrás de você.
— Na verdade, não vim fazer nada — deu de ombros Leandro. — Meu pai veio a trabalho e foi obrigado a me trazer, porque era meu fim de semana com ele e a minha mãe viajou com as amigas.
— Me diga o que seu pai faz.
— Você promete guardar segredo?

– Prometo pela vida da Pimpa – disse Mazé.
– É... ele é detetive.
– Detetive, que mááááximo! – berrou ela, nada discreta. – Ele tem aquelas lupas de detetive?
– Não, lupa não. Só usa óculos para ler de perto.
– Eu adoro histórias de detetives. Nunca vi um de verdade. Você vai ser detetive também?
– Não, acho que não levo jeito para ser detetive, investigador, espião. Minha mãe vive me dizendo que isso não é profissão de gente séria. Diz que meu pai é um fracassado, que não tem onde cair morto, que não tem dinheiro nem para comer um pastel na feira, essas coisas.
– Será? Pois eu acho o contrário. Deve ser incrível fazer uma investigação. Você deveria tentar. O que seu pai veio investigar aqui?
– Alguém roubou um cetro... sabe o que é isso?
– O que é? – Mazé não sabia.
– Meu pai disse que é tipo um bastão, do tamanho de uma régua, só que usado por um rei, um príncipe, essas figuras da realeza. Esse cetro é todo cheio de diamantes, deve valer bilhões de dólares, e pertence a um xeque que já está hospedado aqui.
– É tipo... uma varinha mágica?
– Não. Ele é um xeque, não o Harry Potter – explicou Leandro, adotando uma postura professoral.

— Esses xeques das Arábias só têm tapetes voadores, não varinhas mágicas.

— Puxa, quem pode ter roubado isso?

— O ladrão deixou um bilhete com uma frase enigmática e assinou como Escaravelho.

— Que história, *véio*!

— Não, você não entendeu. É Escaravelho.

— Entendi. Será que seu pai não precisa de uma ajudante para encontrar o Escaravelho?

— Acho que não. Também já me ofereci, mas ele quer fazer essa investigação sozinho.

— Que outros casos ele solucionou? — perguntou a garota.

— Ah, muitos. Ele é especialista em localizar animais sumidos. Procura também pessoas desaparecidas. Também segue adolescentes para ver com quem estão saindo. Se são más companhias, se andam fumando ou bebendo escondidos dos pais.

— É o trabalho dos meus sonhos — os olhos de Mazé se iluminaram. — Acho que vou gostar de conhecê-lo.

— Me empresta o seu celular e eu ligo pra ele — pediu Leandro.

— Ih, cara, deu ruim — Mazé colocou as mãos na testa. — Minha mãe confiscou meu celular ontem à noite. Falei umas coisas que ela não gostou. Disse que só ia me devolver daqui a uma semana.

Tendo a oncinha Pimpa como testemunha, Leandro explica a Mazé que o valiosíssimo Cetro de Spharion tinha sido roubado e que o ladrão havia deixado um bilhete enigmático.

— Puxa vida. A sua situação é bem pior que a minha.

— Na verdade, ela sempre ameaça me deixar sem o celular por uma semana. Só que eu fico legalzinha no dia seguinte e ela já me devolve.

— Minha mãe reclama mesmo quando eu coloco os fones de ouvido e faço que não estou prestando atenção nela. Ela fala, fala, fala e eu finjo que não escutei nada.

— Também apronto dessas — divertiu-se a garota.

— Mas o que importa agora é que gostei da ideia de virar detetive. Podemos pedir para o sistema de som chamá-lo, que tal?

— Melhor não... — desaconselhou ele. — Meu pai disse que a investigação precisava ser bem discreta.

— Sou discretíssima.

— É, eu percebi — foi a vez de Leandro destilar sua dose de ironia.

UM TEMPLO DE RIQUEZA E OSTENTAÇÃO

Vaga-Lume foi bisbilhotar o salão de jantar onde aconteceria o evento dali a três dias, na noite de terça-feira. Ele contou trinta e seis mesas grandes, cada uma com oito lugares. Fez os cálculos mentalmente e chegou ao número de duzentos e oitenta e oito convidados. O salão tinha uma grande porta principal e mais uma para a cozinha, por onde passariam os garçons, equilibrando bandejas com a entrada, o primeiro e o segundo prato, a sobremesa e as bebidas. Havia ainda uma portentosa porta de vidro que dava acesso a uma varanda. Foi por ali que Atíria entrou quando Vaga-Lume estava observando o palco que ficava do outro lado do salão.

– Olá, detetive! Gostou do palco? Ficou bem bonito, não é?

– Gostei bastante. Aceita uma jujuba?

– Não, obrigada. Para queimar meia dúzia de balinhas desse tamanho, aparentemente inofensivas, vou precisar de quantas horas de corrida na esteira?

— Vocês programaram alguma atração para a festa de inauguração? – perguntou ele, mastigando as jujubas, sem se importar com o ganho de calorias.

— Teremos um show com uma banda de descendentes de gregos – disse Atíria. – Chama-se Zorba's. Meu pai faz questão de manter vivas as tradições de seu país. Quase todos os gregos são assim meio emotivos.

— Que bacana! – exclamou, sem saber o que dizer.

— Imagine que ele mandou vir azeite, azeitonas, iogurte e queijos da Grécia. Você já experimentou queijo feta?

— Não, nunca.

— É um queijo de leite de ovelha delicioso. Fazemos a salada grega com tomate, pepino, queijo feta, cebola-roxa e azeitona preta. Você vai adorar.

— Tenho certeza de que será uma grande *feta* – Vaga-Lume se apresentava como um especialista em trocadilhos. – Todos os convidados vão apreciar. Quantas pessoas participarão desse jantar?

— Estou com a lista inteira aqui, uns duzentos e cinquenta convidados – disse, sacudindo uma agenda de capa vermelha que trazia nas mãos. – Todos muito VIP. Teremos também algumas celebridades.

— VIP. *Very important person*... Como quem, por exemplo?

— Aquele garoto que está fazendo o maior sucesso com a música chiclete que os jovens adoram...
— Você estaria falando do... Garoto de Ouro? — arriscou Vaga-Lume.
— Esse mesmo — concordou ela.
— Meu filho ouve isso o dia inteiro. Meus ouvidos é que sofrem.
— Vem também o jogador de futebol Zuba...
— Uau, o Zuba! Meu filho vai amar conhecê-lo. Ele é torcedor do Dínamo. Tem até uma camisa com o nome e o número do Zuba nas costas.
— Ia me esquecendo daquele inventor maluco que virou *youtuber*, Mariano...
— Sei quem é... Ele inventou a mala com pernas mecânicas e o spray desintegrador de cocô de cachorro.
— Exato — Atíria balançou a cabeça positivamente.
— Mas não decorei o sobrenome dele ainda. Só sei que o primeiro nome é Mariano. Bem, chega de conversa. Vim até aqui para dizer que sua sala já está pronta. Vou levá-lo até lá.
— Sim, por favor. Preciso iniciar o trabalho o quanto antes.
— Que bom que você aceitou essa missão — disse ela, passando as mãos pelos longos cabelos. — Meu pai está muito preocupado com o roubo dessa joia.

— Nós vamos encontrar o cetro, fique tranquila — falou com otimismo o detetive. — Será uma corrida infernal contra o tempo, mas conseguiremos.

— Se o xeque souber que ele foi roubado, a nossa reputação irá por água abaixo — choramingou ela.

— Com o cancelamento das reservas, nossos duzentos funcionários correm o risco de perder o emprego. Serão muitas famílias impactadas.

— Garanto que isso não vai acontecer — prometeu Vaga-Lume.

— Precisamos que você descubra quem fez isso e que recupere a peça antes que algo ruim aconteça. Queremos que o Emperor Beach Resort seja visto como um templo de riqueza, poder e ostentação.

— Quem daqui você acha que teria interesse em prejudicar seu pai?

— Difícil dizer. Papai sempre foi um empresário bem-sucedido, que está há muito tempo nos negócios, quase cinquenta anos. O que aconteceu no Emperor Plaza foi uma fatalidade. Claro que, nesse tempo todo, ele juntou uma coleção de amigos, mas também uma lista de desafetos.

De súbito ouviram vozes vindo na direção deles. Duas mulheres saíram da cozinha e entraram no salão. Tomaram um leve susto com o inesperado encontro. Atíria foi rápida em mudar o assunto da conversa.

— O ideal é que o xeque e a xeica...
— A mulher do xeque é a xeica? — Vaga-Lume caiu na gargalhada.
— Também não sabia e descobri faz poucos dias — respondeu Atíria, retornando à explicação. — O ideal é que o xeque e a família fiquem nesta mesa aqui no canto, o que acha?
— Como será o esquema de segurança?
— Os seguranças pessoais ficarão em volta deles na mesa — explicou Atíria. — Contratamos outros seguranças, que estarão em pontos estratégicos. Todos os convidados passarão por um detector de metais antes de entrar no salão. O xeque e sua comitiva andam o tempo todo com coletes à prova de balas.
— Deve ser complicado na hora de entrar na piscina, não é? — Vaga-Lume soltou mais uma piadinha.

Atíria pediu licença e disse que voltaria ao trabalho, que era muito. Segundos depois de ter saído, Vaga-Lume percebeu que ela havia esquecido a agenda em cima da mesa. Resolveu dar uma olhada em toda a lista de convidados antes que ela desse por falta da agenda e voltasse para apanhá-la, o que não demorou nem cinco minutos.

* * *

Leandro e Mazé estavam se entendendo bem e combinaram de explorar toda a área de lazer do hotel. Decidiram sair atrás de uma pista sem saber exatamente o que deveriam procurar.

— Se o cetro está cheio de diamantes, como você falou, acho que ele tem muito brilho — deduziu a garota.

— Tipo aquilo ali? — Leandro apontou para uma mulher, que carregava enfeites cheios de *strass*.

Ao vê-la, Mazé brecou e segurou Leandro.

— Psiuuu. Aquela ali é a minha mãe — disse ela, se escondendo atrás do tronco de uma palmeira. — Não deixe ela te ver. Ela vai ficar perguntando tudo sobre a sua vida, vai me fazer passar vergonha que eu sei.

Lola tinha um caminhar firme, seguro e decidido. Estava indo na direção das piscinas. Era uma mulher na faixa dos quarenta anos, cheia de vida, pernas compridas, cabelos castanhos e um olhar bastante focado. Vestia-se como uma estilista ou como alguém que conhece bem a moda.

— O que é aquilo que ela está carregando? — perguntou Leandro.

— Devem ser enfeites para a inauguração — Mazé arriscou um palpite. — Ela está cuidando de todo o cerimonial da inauguração do hotel.

— O que é "cerimonial"?

– Ela e sua equipe precisam tomar conta de tudo numa festa, num evento. Da lista de convidados, dos convites, da arrumação das mesas, da contratação do bufê da recepção e até do show e das lembrancinhas.

– Saquei. Sem ela a festa não acontece.

– É. Ela faz tudo. Mas muito cuidado porque minha mãe fala pelos cotovelos. Se ela descobrir que seu pai é o detetive do hotel, é ela que vai interrogá-lo e não o contrário. Cuidado com ela.

– Olha, Mazé, meu pai vai ficar maluco se souber que eu contei isso para você. Ele não pode suspeitar de nada, hein?

– Quanto você deseja pagar pelo meu silêncio?

– riu Mazé.

– Tô falando sério.

– Relaxa, Leandro. Não vou falar nada. Você também vai guardar segredo, Pimpa? Ela disse que sim. Vamos nos divertir muito juntos, pode anotar aí.

O ESCARAVELHO VOLTA A ATACAR

Atíria mostrou a sala que Vaga-Lume iria ocupar nos próximos dias. Era a sala da chefe das camareiras, que tinha sido transferida momentaneamente para outro espaço. Ela perguntou se o detetive precisaria de um notebook ou de algum outro equipamento, e ele disse que não.

— Pode parecer um método antiquado, mas prefiro fazer anotações aqui — mostrou a caderneta que carregava no bolso da camisa. Depois, apontou para a cabeça: — Mas o principal fica armazenado aqui na minha memória.

— Que beleza! — elogiou Atíria. — Sou pisciana, esqueço de tudo. Por isso anoto muito no bloco de notas do celular. Me diga, com quem você quer falar primeiro?

— Podemos começar com você, já que estamos aqui, não é? — respondeu Vaga-Lume, assumindo um ar mais sério, até então não revelado.

— Eu? — perguntou toda preocupada.

— Não se assuste. São só perguntas que podem me ajudar a reconstituir a noite do roubo da peça.

— Entendi. Pensei que você estivesse desconfiando de mim.

— Um detetive desconfia até da própria sombra — filosofou Vaga-Lume. — Não se pode descartar ninguém da investigação.

— Está bem. Como não devo nada, pode me perguntar o que quiser.

— É assim mesmo que se fala — aplaudiu o detetive. — Para começo de conversa, preciso saber onde você estava na noite do roubo.

— Em meu quarto, dormindo — respondeu Atíria.

— Como faço todas as noites, aliás.

— Claro, claro. A que horas você foi dormir?

— Minha irmã chegou de viagem naquela tarde e meu pai quis matar a saudade de todos nós juntos. Mas eu estava com um pouco de dor de cabeça. Deixei os dois lá no bar, tagarelando, e me recolhi mais cedo. Acho que dez e meia, onze horas.

— Onde fica o seu quarto? — continuou o interrogatório.

— No quarto andar. 402. O do meu pai também. 401. Desde que ele ficou viúvo sempre procurei estar bem perto dele.

— Ótima filha. Bem, para sair do bar e chegar aos

elevadores, você passou pelo escritório do seu pai?
— Passei, sim.
— Viu alguma coisa suspeita? — Vaga-Lume não deixava pausas entre as perguntas.
— Não, nada. Cruzei com o Solano, nosso chefe de segurança, e estranhei ele ali naquele horário. Deveria haver outro homem fazendo a ronda da noite. Mas minha cabeça martelava tanto que não comentei nada com ele. Só dei um boa-noite, peguei o elevador e subi.

* * *

— Aqui está você! — disse Nikolaos ao entrar na sala de Vaga-Lume pouco depois da saída de Atíria. — Veja o que eu acabei de receber.

Era mais um bilhete assinado pelo tal Escaravelho:

> O primeiro método para estimar a inteligência de um governante é olhar para os homens que tem à sua volta.
> Assinado: Escaravelho.

Nada muito diferente do anterior. Uma frase enigmática, escrita novamente numa letra quase indecifrável.

— Como esse bilhete chegou em suas mãos, Nikolaos?

— Um de nossos funcionários, o Leo, encontrou esse envelope em meu nome perto da piscina.

— Esse Leo é uma pessoa confiável? — Vaga-Lume queria juntar o maior número de informações possível.

— Superconfiável. Trabalhou comigo nos tempos do Emperor Plaza. Começou garoto. Quando resolvi abrir este novo hotel, eu o recontratei. É um ótimo profissional.

— Posso ficar com este bilhete também? — perguntou Vaga-Lume.

— Pode, pode. Você gosta de colecionar esses papéis.

— Continuarei atrás de pistas desses Escaravelhos.

— Ótimo — Nikolaos fez uma cara de alívio. — Vamos servir o almoço para a equipe no restaurante da piscina. Aproveite para observar o comportamento das pessoas.

— Vou buscar o meu filho e irei até lá. É bom que ele coma alguma coisa. A essa altura, ele deve estar morrendo de fome.

Assim que entrou no quarto, Vaga-Lume encontrou o filho vendo uma série de TV, com um hambúrguer gigantesco e uma porção de batatas fritas ao

lado. Reparou também em duas latinhas de refrigerante caídas no chão e mais três embalagens de chocolate em cima da cama.
— Pelo visto você está prestes a zerar o frigobar, né?

SEGUINDO OS PASSOS DO PAI

Mesmo de barriga cheia, Leandro aceitou acompanhar o pai no almoço. No caminho para a piscina, o garoto aproveitou para perguntar mais sobre o caso do Cetro de Spharion.

– Pai, você já conseguiu alguma pista do negócio que foi roubado? – perguntou Leandro, tentando agir com naturalidade. – Talvez eu possa ajudar de alguma forma.

Vaga-Lume ficou feliz com a pergunta do filho. Pouquíssimas vezes ele havia se interessado por seu trabalho. Às vezes, fazia até pouco caso quando Vaga-Lume começava a contar uma investigação mais corriqueira. Agora, finalmente, Leandro tinha curiosidade de saber o que estava acontecendo. Em seus sonhos, Vaga-Lume imaginava o filho seguindo seus passos, tomando conta do escritório. Mandaria decalcar na porta do negócio: "Vaga-Lume e Vaga-Lume Júnior". Até desacelerou os passos para narrar os acontecimentos daquela manhã.

Leandro prestava atenção nas respostas porque depois teria que contar tudo pormenorizadamente para a nova colega. Pediu para o pai repetir e depois soletrar o nome do reino. Procurou memorizar bem.

* * *

Vaga-Lume foi alertado de que precisaria tomar muito cuidado ao falar com Senghor. Ele não poderia suspeitar que o cetro havia desaparecido. Os olhos escuros e austeros do homem de confiança do xeque lhe davam uma expressão séria. Tinha ombros largos e braços musculosos. Disputou duas Olimpíadas na equipe de halterofilismo de Asfaha. Estava atento a tudo o que acontecia ao seu redor, como o periscópio de um submarino. Vestia a *kandura*, uma túnica branca de algodão que cobria o corpo inteiro, e o *ghutra*, um lenço que faz parte da vestimenta tradicional do Oriente Médio.

— Meu nome é Vaga-Lume e eu serei o responsável pelo cetro no jantar de terça-feira — disse, estendendo a mão para cumprimentá-lo.

— Muito prazer — o homem retribuiu o aperto de mão.

Nos planos de Nikolaos, o detetive contratado conseguiria descobrir o que aconteceu com a peça antes que sua alteza desse pela falta dela. Por isso, Vaga-Lume disse a Senghor que a conversa seria sobre a estratégia de segurança da joia durante o jantar.

— Solano não vai participar dessa reunião? — estranhou Senghor.

— Não, não. Seremos só nós dois — respondeu Vaga-Lume. — Aceita uma jujuba?

— O que é "jujuba"? — Senghor não fazia a menor ideia.

— É essa bala aqui — o detetive tirou uma do pacote e a exibiu. — Ela é bem macia por dentro e tem açúcar em volta.

— Ah, estou vendo. Nós chamamos esse doce de *lokum*.

— Nome perfeito — disse Vaga-Lume. — Eu sou *lokum* por essa bala. Mas jujuba é um nome bem mais sonoro, não acha? Experimente uma!

— Muito obrigado, não quero.

— O seu português é muito bom — elogiou Vaga-Lume. — Onde você aprendeu a falar assim?

— Minha mãe é brasileira. Meu pai foi cônsul de Asfaha no Rio de Janeiro. Eles se conheceram aqui, se casaram e voltaram para lá. Minha mãe fez questão que eu soubesse português. Eu trabalho na equipe do xeque Tarum há oito anos. Quando resolveu fugir para o Brasil, ele pediu ajuda e convocou

Samid, um primo meu, que também fala português.

– Que sorte o xeque teve!

– Diria até que eu e Samid fomos o motivo de ele ter escolhido o Brasil para se esconder.

– Como estão as coisas lá no seu país?

Senghor contou que a última arbitrariedade de Fustár tinha sido a invasão do palácio em que o irmão morava. O local foi transformado em uma prisão para os "traidores" do novo governo. Fustár, disse Senghor, era um menino mimado, que nunca se preparou para governar o país. Sem o Cetro de Spharion, Fustár sabia que o nome dele não seria legitimado.

– Ainda bem que o cetro está a salvo aqui – despistou Vaga-Lume. – Espero que sua chave esteja bem guardada.

– Fustár só conseguirá pegar a chave se passar por cima do meu cadáver – decretou Senghor, dando a entender que ela estava guardada dentro de sua roupa. – Aliás, vamos fazer um teste com as chaves do cofre antes do jantar?

– Não perguntei isso a Nikolaos. Vou ver com ele. Quando foi o primeiro teste? – perguntou o detetive.

– Que teste?

– Da abertura do cofre com duas chaves ao mesmo tempo.

– Ainda não fizemos o teste. Nikolaos apenas nos reuniu e entregou as chaves. Imagino que ele tenha feito o teste.

– Ah, sim, claro. Nem sei por que eu fiz essa pergunta.

O QUE UM BROCHE PODE REVELAR?

Ao entrar no quarto, depois de quase catorze horas de trabalho, a primeira coisa que Lola fez foi tirar os sapatos. Os saltos não eram altos, mas ficar em pé o dia todo, andando de um lado para o outro, deixava suas pernas doloridíssimas. O contato do carpete nas solas dos pés lhe dava uma sensação agradável. Beijou o rosto da filha, que estava encostada em dois grandes travesseiros na cabeceira da cama, assistindo a uma série de terror na televisão.

– Como foi o seu dia hoje, Maria José?

– Chato como todos os outros – respondeu Mazé.

– Por que chato?

– Você me traz para um hotel inacabado, passa o dia inteiro longe, me deixa sozinha dentro deste quarto e fica com meu celular. Como você quer que eu me divirta?

– Desculpe não conseguir lhe dar atenção – disse Lola, tirando a roupa para tomar um banho antes de dormir. – O jantar de inauguração está me dando muitos problemas. Achei que nós duas conseguiríamos nos divertir um pouco também.

– Você nunca tem tempo. Só trabalha, trabalha, trabalha.

– Pago a prestação do apartamento, seus cursos, suas roupas, que não são baratas – enumerou a mãe, sentindo-se injustiçada com a reclamação da filha. – Ajudo seus avós. Estou guardando um dinheirinho para conseguirmos viajar no final do ano. Aí seremos só nós duas e nada de trabalho.

– Tá bom, mãe, vou acreditar em você. Enquanto o plano não acontece, pelo menos devolve o meu celular.

– Eu falei "uma semana sem celular" e isso foi ontem.

– Em uma semana, vou morrer de tédio – dramatizou a menina.

– Vamos estabelecer, então, algumas regrinhas antes.

– Quais regrinhas?

– Só duas horas de celular por dia, que já está mais do que bom – disse Lola. – Nada de celular durante as refeições, mesmo que você esteja sozinha. Sem chilique quando eu pedir para você desligá-lo.

– Tá, eu aceito. Pode me entregá-lo agora?

– Calma. Ainda não terminei. O celular precisa

ser desligado impreterivelmente às nove da noite para você dormir menos agitada.

– Eu concordo.

– Se você não for obediente dessa vez, o castigo vai aumentar para um mês sem celular.

– Tá bom, tá bom. Me dá agora!

– Pode pegar – disse Lola. – Está no zíper da frente da minha mala.

Lola tomou um banho rápido, vestiu o pijama, escovou os dentes e, ao voltar para o quarto, encontrou a filha digitando alucinadamente e dando altas gargalhadas.

– Que alegria toda é essa? – perguntou.

– Encontrei hoje na piscina um garoto bem legal e engraçado. Estou trocando mensagens com ele, só isso.

– Pelo visto o dia não foi tão chato assim, né? Qual é o nome dele?

– Leandro.

– Que idade ele tem? – Lola perguntou, já se preparando para entrar debaixo do lençol.

– Treze e meio.

– O que vocês fizeram?

– Brincamos de detetive.

– De Detetive? – estranhou a mãe. – Aquele jogo de tabuleiro antigo? Eu joguei muito Detetive. Nem sabia que ainda existia.

— Jogo de tabuleiro? Não. Detetive de verdade.
— Sei, sei. O que esse menino está fazendo aqui?
— A mesma coisa que eu: nada. Veio acompanhar o pai.
— O que o pai dele veio fazer aqui?
— Você não cansa de fazer tantas perguntas, mãe?

Mazé resolveu ser fiel ao amigo e não dizer a verdade para a mãe.

— Parece que ele é professor de natação — inventou ela. — Pelo que entendi, vai dar aula aos hóspedes do hotel.
— Ah, é? Acho que foi o homem que eu vi conversando com a Atíria, filha do seu Nikolaos, no salão do jantar. Ele não parece professor de natação. Tem os braços finos e os ombros meio caídos.

A menina não estava esperando pelo interrogatório. Teve medo de ser apanhada em alguma mentira.

— Amanhã eu pergunto isso direito para o Leandro. Não sei mesmo. A única coisa que sei, caso lhe interesse, é que o pai dele é separado.
— O que você está querendo insinuar? — Lola levantou a máscara de dormir ao ouvir aquilo e encarou a filha, na cama ao lado.
— Você não está procurando um namorado?
— Quem disse isso? — Lola estranhou
— Vi você toda derretida, mais de uma vez, con-

versando com um dos seguranças do hotel.

— Assuntos estritamente profissionais, menina!

A conversa acabou afugentando o sono de Lola, que achou melhor mudar de assunto. Não queria falar sobre namorados com a filha.

— Lembre-se de que precisaremos passar o seu vestido para o jantar de inauguração do hotel.

— Ah, não, mãe. Não gosto daquele vestido. Não vou de vestido.

— O que tem o vestido? Ele é lindo. Comprei na butique de Madame Santa, custou caro. E eu não tenho mais aquela árvore no quintal de casa...

— Que árvore? — estranhou a filha.

— A árvore que dava dinheiro — ironizou Lola. — Vai de vestido, sim, Mazé. Está no convite.

— Se for assim, eu vou de vestido e coturno.

— Não seja rebelde, filha. É isso que você vai usar. Usarei o meu vestido verde-água...

— Ele te deixa com cara de velha — espinafrou a menina.

— Que ótimo! As pessoas mais velhas são mais sábias, mais experientes, mais generosas. É com essa cara mesmo que quero ficar.

— Você entendeu o que eu quis dizer.

— Ah, para você, qualquer pessoa que tenha dez anos a mais já é velha.

– Você tem trinta anos a mais que eu, mãe.
Lola fingiu que não escutou, mas isso não fez Mazé parar de falar.
– E a Pimpa vai com o quê? Ela tem um vestido lindo com estampa de seres humanos.
– A Pimpa não vai à festa – avisou Lola. – O convite é para duas pessoas, no caso eu e você.
– Com quem ela vai ficar? – Mazé parecia testar até onde ia a paciência da mãe.
– Ela pode ficar conversando com as minhas piranhas de cabelo.
Lola retirou uma bolsa de dentro da mala e começou a vasculhar. Olhou, revirou, tirou todas as peças para fora.
– O que você está procurando? – perguntou Mazé, vendo o desespero da mãe.
– O broche que eu ia usar na festa. O broche que era da sua bisavó Edith.
– Você deve ter esquecido em casa.
– Tenho certeza de que eu o trouxe. Estava aqui nesta bolsinha.
– Alguém roubou o seu broche?
– Não foi você que pegou, né? Não gosto desse tipo de brincadeira.
– Eu não. Acho aquele broche um horror. O que será que a bisa tinha na cabeça para comprar um bro-

che daquele tamanho com um besourão desenhado?
— Não é besouro, já te disse. É um escaravelho. É muito mais chique.

Ela havia ouvido o mesmo nome de inseto da boca de Leandro. Escaravelho. Escaravelho. Escaravelho. Aquela palavra ficou buzinando na sua cabeça. Por que sua mãe tinha levado para a viagem um broche justamente com um escaravelho? Lola pegou rápido no sono, e Mazé ficou sem resposta. Teria que lhe perguntar isso sem falta no dia seguinte.

* * *

Vaga-Lume voltou para o quarto com fome. Envolvido com o caso, ele simplesmente esqueceu de jantar. Torceu para encontrar alguma coisa no frigobar.
— Até que enfim você chegou — saudou Leandro.
— Tá tudo bem?
— Tirando algumas respostas vagas e dúbias, as coisas estão caminhando bem, sim — respondeu o pai. — Já fiz alguns progressos.
— A mamãe me ligou e ficou perguntando do hotel — falou o garoto. — Ela não acreditou quando eu contei de todo o luxo daqui. Claro que não falei sobre o caso, só que agora ela acha que você está envolvido com alguma atividade ilegal para ter conseguido dinheiro.

Lola dá por falta de um broche em formato de escaravelho. Mazé fica intrigada: por que a mãe havia escolhido justamente aquele broche para o jantar de inauguração?

Vaga-Lume soltou uma gargalhada imaginando a situação.

– Sua mãe sempre acreditou mesmo no meu potencial.

– Você vai me contar tudo o que descobriu até agora? – Leandro estava curioso.

– Elementar, meu caro Leandro. Mas, antes, preciso comer alguma coisa. O meu estômago está mais vazio que minha conta bancária.

– Você deve estar com fome mesmo! – o filho riu.

– Vou pedir um queijo quente na copa.

– Dançou, pai. Me disseram que estão funcionando por enquanto só até às dez da noite.

– Dancei mesmo – Vaga-Lume fez cara de desolação. – Sobrou o que no frigobar?

– Eu só não comi aquelas duas barrinhas de cereal e um pacote de amendoim japonês.

– Que belo jantar me espera!

FIQUE TRANQUILA: NINGUÉM VIU

O Emperor fez um teste do bufê de café da manhã no domingo. Embora ainda estivesse sem hóspedes, a cozinha montou duas longas mesas seguramente com mais de cinquenta itens. Pães de fermentação natural, bolos, queijos, frios, biscoitos, cereais, ovos, pequenos sanduíches... Seis diferentes sabores de sucos naturais e oito tipos de frutas descascadas e cortadas. Havia também estações para a preparação de omeletes, tapiocas e panquecas em estilo americano. Os iogurtes foram importados da Grécia e vinham cobertos com mel e frutas secas. Vaga-Lume se sentiu um privilegiado por poder usufruir de tantas delícias praticamente sozinho. Ainda mais depois de ter ficado sem jantar na noite anterior. Comeu até salmão defumado e tomou uma taça de espumante.

"Se o teste foi assim, imagine quando estiver valendo", pensou ele, bebendo o último gole de café, numa xícara de porcelana finíssima. "Se eu soubesse que ia ter tanta comida aqui, teria trazido um Tupperware."

Café da manhã encerrado, Vaga-Lume resolveu caminhar um pouco pelo hotel para fazer a digestão antes de reiniciar os interrogatórios. Naquela hora, o movimento de funcionários e prestadores de serviço ainda não era intenso. Precisava também de tempo e espaço para pensar. Decidiu conhecer as quadras de tênis, que ficavam a menos de cem metros do prédio principal. Colocou um boné para que o sol que começava a despontar não queimasse seu rosto. Um rapaz dava os últimos retoques na marcação das linhas da quadra de saibro.

– Que belo trabalho! – elogiou.

– Muito obrigado – agradeceu o rapaz. – O senhor joga tênis?

– Tênis não. Só sapatênis – brincou.

Ao voltar, Vaga-Lume cruzou a área dos chalés. Passou por ele um homem que era, em português claro, um brutamontes. Os bíceps dele tinham o tamanho das coxas de Vaga-Lume. Seu tamanho era tão impressionante que o detetive diminuiu os passos propositadamente para observá-lo melhor. O grandalhão bateu na porta do chalé 14 e uma mulher saiu. Ela estava com saia curta plissada, camiseta, tênis e viseira, tudo branco, como nos comerciais de sabão em pó.

Os dois foram caminhando lado a lado, falando, pelo que constatou o detetive, em inglês. Vaga-Lume não chegava a ser um especialista em idiomas, longe disso, mas os *"yes"* e os *"no"* não deixavam dúvida de que se comunicavam em inglês. Vaga-Lume notou semelhanças entre a mulher e Atíria. Aquela deveria ser a irmã que tinha vindo para a inauguração do hotel.

* * *

Atrasada para o café da manhã, Lola vestiu a primeira roupa que encontrou e se apressou para fazer a maquiagem. Foi aí que ouviu a notificação de mensagem em seu celular. Era a resposta de Angélica, gerente de hospitalidade do hotel: "Fique tranquila, amiga. Garanto a você que ninguém viu o que aconteceu naquela noite. Solano é muito discreto, não vai contar nada".

Lola respondeu apenas com um emoji de positivo. Calçou os sapatos, deixou um recado de bom-dia cheio de corações para a filha, que dormia feito uma pedra, e desceu.

* * *

Vaga-Lume bateu com delicadeza na porta aberta da sala de Atíria. Ela estava de banho tomado, cabelos molhados, suavemente perfumada e com roupa esportiva.

— Bom dia, detetive, pode entrar.

— Bom dia. Acabei de ver sua irmã. Pelo menos deduzi que era ela porque vocês são muito parecidas.

— Verdade — concordou Atíria. — Nós duas somos a cara da nossa mãe, não temos nada do nosso pai.

— Que sorte a de vocês! — riu Vaga-Lume.

— Falou com Ática? — questionou Atíria.

— Não. Ela estava caminhando com um sujeito grandão, não quis interrompê-los. Parecia que iam tomar café da manhã.

— É o marido dela. Eles vivem na Eslovênia. Vieram exclusivamente para a festa de inauguração e depois irão embora.

— Qual é o nome dele? — perguntou o detetive.

— Brian.

— Eu percebi que Brian era estrangeiro. O curioso é que eles estavam falando em inglês. Não deveriam estar falando em esloveno?

— Minha irmã ainda não é fluente, deve ser isso.

— Claro, como não pensei nisso? O que o marido dela faz?

— Ele tem uma fábrica de queijos na capital.

— Liubliana. Sempre fui bom aluno de geografia. Sei os nomes das capitais de todos os países.

— Parabéns. Eu não. Preciso consultar o Google ainda.
— Quando chegaram?
— Na quarta-feira à tarde — enfatizou Atíria.
— Pouco antes, portanto, do desaparecimento do cetro — reforçou Vaga-Lume.
— Exatamente — concordou ela.
— Ah, só para terminar, um último pedido. Seu pai me disse que você está com uma das chaves do cofre.
— Sim, estou.
— Posso vê-la?
— Claro — respondeu Atíria, tirando um chaveiro que estava dentro de uma gaveta. A chave não era exatamente uma chave. Atíria explicou que se tratava de um dispositivo eletrônico. Parecia um *pen drive*.
— Conhecendo seu pai, você acha que ele poderia ter perdido a chave ou ela foi mesmo roubada?
— Eu não descartaria nenhuma das duas hipóteses — respondeu Atíria. — Parece que esse tal Escaravelho é capaz de tudo.

* * *

Leandro acordou um tanto afobado naquela manhã. Levantou logo que a luz do sol penetrou pelos vãos da cortina. Estava sozinho, seu pai já tinha saído. Ficou procurando um dos pés do tênis, que devia estar em algum lugar debaixo da cama. Pediu o café no quarto e ignorou todos os convites para jogar videogame on-line que os amigos Bifinho, Simpa, Sujinho e Helinho haviam mandado a madrugada inteira. Acordou com vontade de investigar a história do cetro.

E se ele conseguisse descobrir primeiro a identidade do Escaravelho? O pai ficaria orgulhoso com certeza. Mazé ficaria ainda mais. Na verdade, ele queria chamar a atenção da garota com sua "bravura e coragem".

– Mas como fazer isso? – disse consigo mesmo.

Engoliu uma pratada de ovos mexidos, duas fatias de pão de forma com manteiga e um copão de café com leite. Dentes escovados, banho tomado e desodorante reforçado, ele foi ao encontro de Mazé. Para ser mais rápido, desceu pela escada de incêndio. Tinham combinado de se reunirem no terraço das piscinas às dez horas.

– Será que ela já está lá? – apressou-se Leandro.

* * *

A garota acordou com o rosto amassado. A camiseta do pijama refletia bem seu estado de espírito naquele momento (*Acordei, mas não recomendo*). Como de costume, a mãe já tinha saído. Por causa da letra ruim, demorou a entender o bilhetinho que Lola deixou. Os pensamentos da noite anterior voltaram à sua cabeça. Mas logo ela percebeu que era uma bobagem colocar a mãe no rol dos suspeitos. Lola era incapaz de fazer mal a uma formiga, que dirá a um escaravelho! O broche, decidiu, era apenas uma coincidência. Isso a deixou mais aliviada. Até que, ao abrir uma gaveta da cômoda, se deparou com um livro de frases todo sublinhado.

– O que esse livro está fazendo dentro da gaveta? – estranhou Mazé, lembrando que Leandro havia lhe dito que o Escaravelho ficava mandando mensagens com frases enigmáticas.

Duas coincidências? No meio das páginas, ela encontrou um guardanapo com o nome de Solano e um número de telefone. Os pensamentos ruins voltaram a atormentar a garota. Foi por causa disso que Mazé resolveu atrapalhar a investigação do pai de Leandro. Desviar a atenção dele.

A QUEDA QUE ACABOU EM SANGUE

Solano, o chefe de segurança do hotel, era um homem alto, forte e dono de um bigode que escondia sua boca com dentes tortos. Seus ombros tinham a largura de um armário de quatro portas. Sua voz, porém, era fina e destoava de todo o conjunto. Vestia uma calça de sarja, camiseta com o símbolo do hotel, como se fosse um escudo de time de futebol, e coturno, tudo preto.

– Como posso ajudá-lo? – perguntou, um tanto nervoso ao entrar na sala do detetive.

A primeira ideia de Vaga-Lume era tentar reconstituir a noite do desaparecimento do Cetro de Spharion. O tempo corria.

– Fique calmo, são apenas algumas perguntas básicas – explicou o detetive.

– É que estou acostumado a interrogar as pessoas, e não a ser interrogado, entende?

– Ora, não queremos um segurança inseguro aqui. Prometo ser breve. Quem estava fazendo a vigilância do cofre na noite do roubo?

— Como o hotel ainda está sem hóspedes, eu tenho apenas dois homens no turno da noite. Um deles ficou responsável por cuidar de toda a ala norte.

— E ele não viu nada suspeito?

— Disse que não — Solano não pestanejou. — Ele só ficou fora do posto por quinze minutos.

— Quinze minutos? Bastante tempo. Qual foi o motivo?

Solano respondia com a maior seriedade.

— Lola, a chefe do cerimonial, pediu auxílio e ele foi até o salão de jantar ajudá-la. Uma cortina caiu e não havia mais nenhum funcionário da manutenção trabalhando naquele horário.

— Entendi. Ah, aceita uma jujuba? — ofereceu Vaga-Lume para deixar a conversa um pouco mais informal.

— Não, obrigado. Não como açúcar — agradeceu o chefe de segurança, ficando em silêncio e esperando por novas perguntas.

— Qual é o nome do segurança que foi ajudá-la? — prosseguiu Vaga-Lume.

— Tonico.

— Quando ele saiu, essa ala toda ficou sem nenhuma proteção?

— Negativo. Ele me acionou e eu desci para fazer a cobertura. Atíria me viu aqui quando estava subindo para seus aposentos. O senhor Nikolaos também passou procurando pela chave do cofre, que ele havia deixado em cima da mesa. Mas ela tinha desaparecido.

– Você chegou a ver a chave em cima da mesa do escritório dele?

– Negativo. Não entrei na sala dele. Fiquei o tempo todo no corredor.

– Uma última pergunta, Solano: a chave do cofre que lhe foi confiada está com você?

– Positivo. Aqui está – tirou de dentro da camisa uma corrente com a chave e com uma placa de identificação usada habitualmente por soldados.

– Ah, vejo que você serviu o Exército – observou Vaga-Lume.

– Positivo. Servi o Exército por dezoito anos. Fui até membro do GOTE.

– O que é GOTE? – não sabia Vaga-Lume.

– É o famoso Grupo de Operações Táticas Escaravelho, uma espécie de tropa de elite.

– Escaravelho? – espantou-se o detetive.

– Positivo. Tenho até tatuado no braço o símbolo do nosso esquadrão. Fomos treinados na Ilha do Dragão.

– A Ilha do Dragão é uma das sete ilhas do arquipélago de Cabra das Rocas, no litoral potiguar – Vaga-Lume adorava exibir seus conhecimentos de geografia. – Com esse nome, imagino que o treinamento não tenha sido moleza.

— Não foi mesmo — concordou Solano.
— Positivo — despediu-se Vaga-Lume. — Muito obrigado pelas informações.

* * *

Ao se encontrarem, Leandro achou graça da nova camiseta da menina com a frase "Valorize quem te marca nos memes". Mazé falou então do seu plano: investigar o outro lado da ilha. Pegaram bicicletas zero quilômetro perto da recepção sem avisar ninguém. Foram se afastando do hotel por sugestão dela. Leandro concordou com a ideia da nova amiga. O Escaravelho poderia estar escondido, esperando a poeira baixar. Em poucos minutos, chegaram a uma praia deserta. Deserta por pouco tempo, pois perceberam que o hotel havia iniciado uma obra para a construção de um bar ali. Sentaram-se na areia, de frente para o mar, e ficaram sentindo a brisa bater nos seus rostos.

— Gosto tanto de praia que acho que vou ser salva-vidas — falou Mazé.
— Também gosto de praia, só não gosto de passar protetor solar.
— Mas precisa — rebateu a garota.
— Eu sei que precisa, mas não gosto.

Os dois ficaram lá por meia hora falando de músicas, de playlists, de cantores, de grupos musicais. Até que resolveram voltar. Pegaram um caminho diferente, um terreno irregular, cheio de pequenos e pontiagudos pedregulhos. Mazé errou uma curva e, *bumba!*, caiu no chão. Fez um machucado bem feio nos joelhos.

— Que mancada a minha! — penitenciou-se a garota.

— Olha isso. Tá saindo sangue? — perguntou Leandro.

— Não, tá saindo ketchup da minha perna. Quer esfregar um cachorro-quente aqui no corte? Claro que é sangue. E não é pouco.

— Quer ajuda para voltar?

— Minha perna tá doendo muito. Não sei se vou conseguir pedalar de volta. Não dá nem pra caminhar.

— O que nós vamos fazer?

— Você precisa voltar até a recepção do hotel e pedir ajuda.

— Eu?

— Não. Tô falando com essa árvore atrás de você.

Leandro estava muito nervoso. Ele, que só saía de seu quarto para ir até a escola, estava de repente no meio de uma mata, numa ilha desconhecida, com uma garota machucada que ele ainda nem conhecia direito. E nem passava das onze da manhã.

– Tá bom, eu vou. Fique aí.
– Pode ter certeza disso, Leandro. A Pimpa vai cuidar de mim até você voltar. Não demore, por favor.

PARA QUE TANTAS CHAVES?

Vaga-Lume deu duas batidinhas leves na porta do escritório de Nikolaos. Lá de dentro ele ouviu o vozeirão do dono do hotel.
— Quem está aí? – perguntou.
— É o Vaga-Lume, Nikolaos. Podemos falar rapidamente?
— Entre, venha.
Vaga-Lume obedeceu e, ao entrar na sala, viu que Nikolaos conversava com outro homem, baixo, de nariz largo e ombros encolhidos, que ele ainda não tinha visto circulando no hotel.
— Ah, desculpe, não quis interrompê-los. Volto mais tarde.
— Bom dia, Vaga-Lume. Já terminamos aqui. Este é o Samid, intérprete do xeque Tarum. O xeque fez alguns pedidos especiais para a noite de inauguração e estávamos falando sobre isso.
— Muito prazer – cumprimentou o detetive. – Estou curioso para conhecer o xeque.

— Ele é uma pessoa bastante discreta e prefere não ficar circulando pelo hotel. Está fazendo as refeições no próprio quarto.

— Mas você irá conhecê-lo no nosso jantar de gala, Vaga-Lume — disse Nikolaos.

O intérprete se levantou, fitou o detetive da cabeça aos pés e despediu-se. Vaga-Lume se surpreendeu com o par de tênis vermelho cintilante que ele usava com a *kandura*.

"A última vez que tinha visto algo assim foi nos pés da menina Dorothy em *O Mágico de Oz*", pensou o detetive.

Vaga-Lume começou a observar detalhes da sala que passaram despercebidos na visita do dia anterior. Em cima da mesa, havia um porta-retrato e, nele, uma foto amarelada de Nikolaos jovem, ao lado provavelmente da mulher e das duas filhas ainda crianças. Na parede, ele notou também um quadro com um grande olho grego, símbolo usado para espantar o mau-olhado. Parece que ele não tinha sido eficiente na noite do roubo.

— Já descobriu algo? — perguntou o empresário.

— Muito cedo para qualquer conclusão, Nikolaos. Tenho algumas linhas de investigação, mas ainda estou coletando informações. Passei aqui porque quero fazer uma pergunta sobre o cofre.

— O que quer saber? — Nikolaos estava nervoso.

— Foram colhidas impressões digitais do cofre depois do roubo?

— Deus me livre! Claro que não — respondeu bravo, como se a pergunta tivesse sido uma afronta. — Seria preciso chamar a polícia. Você sabe bem como ela adora um caso com holofotes. Em três minutos, toda a imprensa já estaria sabendo. Por isso é que fui procurá-lo. Pela discrição, por não ter perfil em redes sociais. Confio que conseguirá chegar ao autor do roubo até terça-feira.

Nikolaos se levantou dando a entender que o tempo de Vaga-Lume havia se esgotado.

— Mais uma pergunta — insistiu o detetive. — Você falou em cinco chaves?

— Sim, foi o que eu falei. O cofre tem cinco chaves eletrônicas.

— Por que cinco? Não era mais fácil você ficar com uma só?

— Se eu perdesse a chave, como iríamos abrir o cofre?

— Um cofre com uma combinação, como todos os outros cofres, não seria melhor? — ponderou Vaga-Lume.

— Primeiro que são, ou eram, todas pessoas de minha mais alta confiança, tirando o assessor do xeque, que é da confiança dele. Eu jamais poderia imaginar que isso aconteceria num hotel praticamente vazio.

O dono do Emperor fez uma pausa, respirou fundo e deu uma informação que julgava definitiva:
– Cofres com combinação estão ultrapassados. Eu lhe garanto que este é o cofre blindado mais moderno fabricado no Brasil. A empresa está exportando para o mundo inteiro. Ele vem com cinco chaves eletrônicas. É possível configurá-las de inúmeras maneiras. Posso ativar uma, duas, três, quantas eu quiser. Resolvemos ativar as cinco, mas, por precaução, a porta do cofre só poderia ser aberta com duas sendo acionadas juntas.
– Você pensou mesmo em tudo, Nikolaos.

* * *

A espera de Mazé e Pimpa prolongou-se por meia hora até que Leandro voltasse com um recreador do hotel.

O garoto estava tão nervoso com toda a situação que errou a direção duas vezes. A mata era muito fechada, e ele não conseguia se lembrar em que lugar estava Mazé. Finalmente os dois conseguiram se encontrar.

"Não sei se foi boa ideia ter caído da bicicleta de propósito", pensou Mazé. Os machucados pareciam ter feito ela se arrepender.

– Vocês não deveriam ter vindo para esse lado da ilha – recriminou o recreador. – Essa área ainda não ficou pronta e a sinalização não foi colocada.

– É que nós somos curiosos – disse ela toda desembaraçada. – Velozes e curiosos.

– Mas olha só o que a velocidade fez com seus joelhos – ele achou graça. – Ainda bem que não foi nada grave.

Enquanto o recreador cuidava do machucado com gaze e Band-Aid, que havia levado num estojo de primeiros socorros, Mazé cochichou para Leandro:

– Tenho algo muito importante para contar a você.

– Conte, ué! – respondeu o menino.

– Agora não – apontou com a cabeça o enfermeiro improvisado, como que dizendo que não queria contar na frente dele.

De volta ao hotel, os dois agradeceram e se despediram do recreador:

– Por favor, não comente nada sobre o que aconteceu – pediu ela. – Nossos pais estão trabalhando aqui e pensam que nós estamos quietinhos dentro dos quartos.

– Minha boca será um túmulo, prometo. Mas

nada de se aventurarem por aí. Me procure amanhã, e eu trocarei seus curativos.

Mazé puxou Leandro até perto da piscina e disse que tinha uma revelação incrível para fazer sobre os últimos acontecimentos. Contou que, logo depois que ele foi atrás de ajuda, apareceu ali um homem cabeludo e barbudo, ruivo, vestindo uma roupa feita de pele de animal. Mazé contou como foi o diálogo entre eles:

– "Quem é você?", perguntei para o homem.

– "Quem é você?", o homem perguntou pra mim.

– "Perguntei primeiro", eu respondi.

– "Meu nome é Simão e eu era o único morador e guardião da ilha até a chegada dos invasores."

– "Os marcianos?!", eu estranhei.

– "Não. Os invasores que construíram o hotel na ilha."

– "Ah, fala sério! Eles devem ter comprado a ilha."

– "Eu sou o verdadeiro dono da Ilha do Escaravelho."

– "Ilha do Escaravelho?! Esse é o nome da parada aqui?"

– "O nome Ilha do Escaravelho foi dado por meu bisavô ao chegar aqui no início do século XIX. Ele descobriu essa ilha por acaso, depois do naufrágio do barco em que viajava."

Mazé dá de cara com um ermitão, que anuncia: "Eu roubei algo muito importante que estava no cofre do hotel e só vou devolvê-lo quando eles deixarem a minha ilha".

— Nossa, que história! — Leandro estava boquiaberto.

— Foi exatamente o que eu disse a ele: "Nossa, que história!".

— E o que mais ele falou?

— "Por causa disso, eu roubei algo muito importante que estava no cofre do hotel e só vou devolvê-lo quando eles deixarem a minha ilha."

— O cetro do xeque?

— Foi o que pensei na hora. Perguntei: "Será o cetro do xeque?". Ele me mostrou. Era. Um cetro cravejado de diamantes.

— Então ele só pode ser o... Escaravelho.

— Sim.

— Para onde ele foi? Preciso avisar o meu pai.

— Ele disse que estava fugindo da ilha antes de ser encontrado pelos homens do hotel. Estava de partida. Por isso, nem me ajudou a cuidar dos meus machucados. A Pimpa é testemunha disso tudo.

* * *

Duas mulheres caminhavam pela área dos chalés com passos preocupados. Mesmo sabendo que estavam sozinhas, evitavam fazer qualquer barulho. Uma leve brisa soprava.

— Você acha que esse detetive pode atrapalhar nossos planos? – cochichou uma delas.

— Acredito que não – apostou a outra. – Ele não tem jeito de ser muito esperto. Só faz perguntas óbvias.

— Só sei que temos que dobrar os cuidados. Esses nerds parecem bobos, mas não são.

UM ERMITÃO PERDIDO NA ILHA

Mazé pediu que Leandro contasse tudo para o pai o quanto antes. Ou, pelo menos, antes que Simão fugisse da ilha. O celular de Vaga-Lume apitou com a entrada de uma notificação. Era Leandro, pedindo para encontrá-lo no quarto.

– O que será que ele quer? – preocupou-se o pai.

O detetive caminhou até a recepção para apanhar o elevador. Estava tão concentrado que não prestou atenção nas duas mulheres que conversavam perto do balcão de atendimento. De canto de olho, sem que a amiga Angélica percebesse, Lola observou o professor de natação de que a filha havia lhe falado. Achou Vaga-Lume um homem bonito. Teve o estalo de que ele poderia ajudá-la a resolver um grande problema.

* * *

Vaga-Lume entrou no quarto afobado.

— O que aconteceu, filho? Fiquei assustado com a sua mensagem.

Leandro detalhou tudo o que havia acontecido pouco antes. Vaga-Lume ouviu atentamente, sem interromper. Ao final, tinha um monte de dúvidas.

— Verdade isso? Que história mais estranha... Um ermitão perdido aqui na ilha. E confessou o roubo? Como ele entraria no hotel sem ser notado?

— Ele já morava na ilha.

— E como fugiria daqui?

— Nadando.

— Não sei, não, filho. Isso parece trabalho de ficcionista. Como o homem abriria um cofre sozinho? Essa história me parece muito mal contada. Você comentou alguma coisa sobre o cetro? Ela pode ter sido sugestionada. Espero que você não tenha contado nada para ela, conforme combinamos...

— Eu... eu... eu não contei nada, pai.

— Com quem essa garota está?

— Com a mãe.

— O que a mãe faz aqui no hotel?

— A Mazé me disse que ela é chefe do cerimonial.

— A chefe do cerimonial... que interessante! Mais uma pessoa para eu colocar na lista de interrogatórios.

— Por quê?

– Ela tem livre acesso para andar por todo o hotel. Pode ter visto algo importante para a minha investigação.

* * *

"Falei com meu pai e ele disse que vai marcar uma conversa esta tarde com sua mãe", digitou Leandro.

"Por que com a minha mãe? Ela não sabe de nada. Quem viu o ladrão fui eu", respondeu Mazé. "Diga para seu pai não perder tempo com minha mãe. Ela está estressada com a festa de inauguração."

Mazé não esperava por essa. Em vez de afastar a sua mãe da mira do detetive, tudo o que ela conseguiu tinha sido colocar os holofotes em cima dela. E agora? Precisava pensar num plano B.

LOTAÇÃO MÁXIMA E À PROVA DE FOGO

A sala de Angélica, gerente de hospitalidade, ficava atrás da grande recepção, longe dos olhares dos hóspedes. Era um espaço pequeno, sem janelas. Havia um grande quadro na parede, dividido em quadradinhos. Cada um trazia o número do apartamento e os nomes dos hóspedes. O único vazio era o 222.

– Temos lotação máxima. A noite de inauguração vai ser nossa prova de fogo – disse ela cordialmente, ao perceber os olhos de Vaga-Lume escaneando o ambiente.

– Vejo que aqui é a sala do comando central – comentou ele.

– Ótima definição. Sim, eu preciso saber de tudo que está acontecendo para atender os hóspedes da melhor forma possível.

– Se um cliente pedir jujubas, você conseguirá atendê-lo? – brincou Vaga-Lume.

– Estou aqui para isso.

– Por falar nisso, aceita uma das minhas jujubas?

— Não, obrigada. Essa quantidade de açúcar só faz bem aos dentistas — ela sorriu e mostrou dentes realmente lindos.
— Durante uma época, eu até tentei mudar para jujuba zero açúcar, mas não me acostumei.
— Mas o que o traz aqui? Em que posso ajudá-lo? — Angélica encerrou aquela lenga-lenga inicial.
— Estou com muito, muito trabalho. A inauguração será depois de amanhã.
— Vamos direto ao ponto — concordou Vaga-Lume.
— Você tem uma função bastante estratégica no hotel. Precisa saber tudo o que está acontecendo, circula o tempo todo, conversa com os funcionários. Alguma coisa lhe chamou a atenção na noite do desaparecimento do cetro?
— Tenho dormido bem pouco nos últimos dias — começou a responder um tanto hesitante, escolhendo cada palavra. — Na noite de quarta para quinta-feira, fui para meu quarto por volta das duas e meia da manhã e acordei às seis horas.
— Que cansativo! — disse burocraticamente. — Mas quem mais você viu circulando no hotel no final da noite?
— Ática, a segunda filha do senhor Nikolaos, havia chegado naquela tarde e o dois estavam bebendo no bar. Um pouco antes das onze da noite, lembro

de ter visto Atíria conversando com Solano, nosso chefe de segurança. Ela se despediu logo e entrou no elevador em seguida.

— Mais ninguém?

— Creio que não. Ah, sim, quem ficou trabalhando até bem tarde foi a Lola, responsável pelo cerimonial. As toalhas de mesa chegaram naquele dia e ela estava conferindo todas. Fiquei com ela uma meia hora.

— Vocês são amigas? — Vaga-Lume procurava articular as ideias.

— Sim, somos amigas. Lola fez faculdade comigo em Belo Horizonte. Pessoa da maior confiança.

— Por que o quarto 222 é o único que está vazio aqui no seu quadro?

— Superstição do senhor Nikolaos. Você se lembra do caso do assassinato no Emperor Plaza, o primeiro hotel cinco estrelas da cidade, também da família? A morte aconteceu justamente no 222. Ele pediu que o quarto ficasse desocupado até que passasse a inauguração.

— Eu jamais aceitaria ficar no 222 — Vaga-Lume fez o sinal da cruz.

Ao se despedir e tomar a direção da saída, Vaga--Lume notou que havia uma lousa pendurada atrás da porta. Ele leu em voz alta a frase escrita com pin-

cel atômico vermelho: "Coisas incríveis nunca são feitas por uma única pessoa, e sim por uma equipe".
— Que frase interessante! Quem disse isso?
— Achei na internet que foi o Steve Jobs — disse Angélica.
— Steve Jobs, o fundador da Apple.
— Ele mesmo.
— Steve Jobs tem realmente ótimas citações — ratificou Vaga-Lume. — Você gosta dessas frases motivacionais?
— Adoro! Tenho vários livros com frases assim. Costumo presentear minha equipe com coletâneas de frases. Como vi que você gosta, vou lhe dar um também.

Angélica tirou um livrinho da gaveta e entregou ao detetive.

Ao deixar a sala, com o presente embaixo do braço, Vaga-Lume anotou em um bloquinho que levava no bolso: "Angélica > Lola > Solano". Depois colocou um ponto de interrogação ao lado dos nomes.

* * *

Mazé estava sentada no piso gelado do banheiro, engolindo as lágrimas que corriam pelo seu rosto. Estava com Pimpa nas mãos. A garota já havia sofrido muito *bullying* por andar e falar com uma oncinha de pelúcia em sua idade. Pimpa representava o pai, que falecera quando ela tinha apenas dois anos. Uma doença grave fulminante. Ela não lembrava nada da figura do pai. Mas Pimpa foi o último presente que ele lhe dera. Ele inventou o nome do brinquedo. Sempre que ouvia "Pimpa", segundo a mãe, Mazé escancarava um sorriso.

– Como eu queria que meu pai estivesse aqui para me ajudar a pensar – lamentava Mazé. – Você me ajuda, Pimpa? Não posso perder a minha mãe.

Ela estava morrendo de medo de que, de algum modo, a mãe estivesse envolvida no caso investigado. O broche do escaravelho, o livro de frases, a volta para o quarto no meio da madrugada.

– Claro que a minha mãe não tem nada a ver com isso – Mazé falava em voz alta para ela própria se convencer. – Pimpa, não pense bobagens. Mas e se for? Como eu vou ficar sozinha no mundo?

Vasculhou a mala da mãe para ver se encontrava algo suspeito, diferente, comprometedor. Não havia nada ali.

– Preciso tirar esses fantasmas da minha cabeça – decidiu.

Mas, pelo sim, pelo não, era hora de colocar um novo plano em prática.

* * *

Angélica estava falando ao telefone quando Lola entrou em sua sala. Lola fez um sinal de que voltaria depois, mas Angélica pediu, também com gestos, que ela esperasse um pouco. Angélica desligou dali a poucos segundos.

– Estava falando com a Malu Arruda, lembra?
– A Malu que estudou com a gente e virou arteterapeuta?
– Ela mesma. Eu a contratei para vir aqui fazer um evento lindo na primeira lua cheia de julho. Juntaremos músicas, danças, terapias corporais...
– Amo essas celebrações! – aplaudiu Lola.
– Teve notícias dele? – perguntou Angélica.
– Dele quem?
– Do escaravelho.
– Nada por enquanto. Mas não perdi as esperanças.

MAZÉ ESTÁ EM APUROS

A segunda-feira amanheceu ensolarada. Vaga-Lume entrou em silêncio no salão de jantar e viu Lola e mais quatro ajudantes fazendo logo cedo a arrumação das mesas para o jantar do dia seguinte. Deu uma tossidinha para ser notado.

— Bom dia, com licença. Lola?

— Sim, sou eu mesma.

— Podemos falar em particular por alguns minutos?

A chefe do cerimonial pediu licença para as assistentes por um instante e deixou o salão ao lado de Vaga-Lume. Pararam no corredor. Lola disse que lembrava de tê-lo visto conversando com Atíria.

— Bem-vindo ao Emperor! — começou ela. — Preciso confessar que pensei mesmo em bater um papo assim que soube o que você veio fazer aqui.

— É mesmo? — o detetive se surpreendeu. — Sobre o que exatamente? Sobre o que aconteceu naquela noite?

— Você sabe o que aconteceu naquela noite? — foi a vez de Lola se surpreender. — Bem, a ideia não foi minha, foi da Angélica. Eu disse que tinha muito medo de que alguém nos visse.

— Mesmo? Continue, por favor!

— Ela pediu ajuda para o Solano, que topou na hora. Esperamos todos dormirem e fomos até lá, no maior silêncio, executar o plano. Ele entrou primeiro, me deu a mão e eu entrei depois. Senti um frio na espinha. Foi tudo muito rápido. Acho que ficamos lá só uns quinze minutos.

— Onde estava Angélica?

— Ela ficou de sentinela para ver se não vinha ninguém. Estávamos muito aflitos. Imagine se Nikolaos tivesse uma crise de insônia e aparecesse ali naquele momento!

Vaga-Lume estampava um olhar vitorioso na cara por estar perto da solução do mistério. Fez a pergunta decisiva:

— Quem ficou com o cetro?

— Que cetro?! — Lola não sabia do que ele estava falando.

— O cetro do xeque árabe que foi roubado do cofre. Não é uma confissão que você está fazendo?

— Roubo? Cetro? Confissão? Nada disso, nada disso. Estou falando da noite em que entrei escondida na piscina do hotel para aprender a nadar. Solano se ofereceu para me dar uma aula por sugestão da Angélica.

— E por que você está me contando isso? — estranhou Vaga-Lume.

— Ora, você não é o novo instrutor de natação do hotel?

— Eu?! Não. Sou um detetive. Estou fazendo uma investigação interna, a pedido do senhor Nikolaos.

— Investigação? Detetive? — Lola ficou completamente ruborizada. — Minha filha conheceu seu filho e me disse que você ia dar aulas de natação no hotel, me desculpe.

— Não se preocupe. Pedi total discrição ao meu filho e fico feliz que ele esteja fazendo isso. Mas instrutor de natação com esse meu físico não chega a ser um bom disfarce.

— Foi o que eu pensei. Com todo o respeito, evidentemente.

— Entendo. Vou lhe fazer algumas perguntas. Mas, por favor, preciso que isso fique entre nós por enquanto.

— Estou morrendo de vergonha, mas tentarei colaborar. Farei o que estiver ao meu alcance.

— Muito obrigado. Comecemos. Na noite de quarta para quinta-feira, você ficou trabalhando até mais tarde aqui no salão. Lembra-se de ter visto algo suspeito?

— Quarta-feira? Noite de quarta? Ah, sim, foi o dia em que as toalhas de mesa chegaram e estava mui-

to ansiosa para vê-las. Tinha um montão de coisas burocráticas a fazer e só consegui sossegar à meia-noite.
– O que aconteceu para você ter pedido socorro? – perguntou Vaga-Lume.
– Um dos trilhos se soltou e a cortina caiu em cima da mesa. Pedi ajuda a um segurança que estava fazendo a ronda.
– Você ficou o tempo todo aqui com ele?
– Ele me pediu uma chave de fenda e fui atrás disso. Estava a caminho da recepção quando passei pelo bar e vi o senhor Nikolaos conversando com uma das filhas. Ele me perguntou o que eu estava fazendo ali àquela hora e eu expliquei o acidente. O senhor Nikolaos disse que tinha uma chave de fenda na mesa da sala e que a porta estava destrancada. Fui até lá, peguei a chave de fenda e voltei para o salão.
– Em quanto tempo você fez isso?
– Não mais que dez minutos. Foi tudo muito rápido.
– Além da chave de fenda, você viu mais alguma coisa em cima da mesa de Nikolaos? – perguntou Vaga-Lume, torcendo para que ela falasse algo sobre a chave sumida.
– A mesa estava cheia de papéis e um monte de cacarecos – respondeu Lola. – Mas logo achei a ferramenta e saí de lá.

— Perfeito! Só mais uma coisinha. Sua filha lhe contou que viu um ermitão na ilha?

Antes que ela se restabelecesse de mais um susto, Vaga-Lume contou tudo o que ouviu do filho. Lola escutou o relato com um pouco de medo.

— A Mazé é uma menina muito séria — explicou para ele. — Jamais inventaria uma história dessas. Qual seria o interesse dela em mentir? Se disse que viu esse homem, ela viu mesmo.

A conversa dos dois foi interrompida por gritos vindos do corredor. Funcionários começaram a correr para ver o que havia acontecido. Vaga-Lume e Lola fizeram o mesmo. Foi um alvoroço. A mulher logo reconheceu a voz. Era sua filha.

— O que foi, Maria José, o que foi?

— Eu vi um fantasma, mãe. Um fantasma horroroso.

UM FANTASMA À SOLTA

Não demorou e Mazé estava cercada por funcionários do hotel, todos bastante preocupados com sua cara assustada. Alguém apareceu com uma cadeira e outra pessoa com um copo de água.

– O fantasma disse que está à procura de uma joia que está no hotel e que precisa dela para ser libertado.

A mulher do copo de água benzeu-se ao ouvir isso.

– Você conseguiu ouvir tudo isso? – desconfiou Vaga-Lume, achando que ela estava inventando aquilo para fazer graça e chamar a atenção. – Que menina mais corajosa! Eu já teria saído correndo quando ele aparecesse na minha frente.

– É que eu fiquei paralisada e ele falava bem depressa também.

– Sei...

– Você está bem, filha? Talvez tenha sido um pesadelo – Lola confortou Mazé.

– Não, mãe. Eu vi o fantasma em carne e osso. Quer dizer, sem carne e sem osso.

— E ele especificou que tipo de joia estava procurando? — Vaga-Lume se intrometeu no diálogo das duas.

— Disse que estava procurando o cofre do hotel — respondeu Mazé.

— A vantagem é que o fantasma nem precisa saber a combinação do cofre, né? — brincou o detetive, mostrando que não estava acreditando na história.

— Ele pode penetrar pela própria parede. Só não sei como ele faria para sair com as coisas lá de dentro.

Foi aí que Nikolaos irrompeu pelo corredor com cara de furioso. Angélica vinha atrás dele, tentando acompanhar seus passos largos. A notícia sobre os gritos havia chegado até eles.

— O que essa menina está fazendo aqui? — veio berrando o dono do hotel.

— É minha filha! — retrucou Lola.

— Que história é essa de fantasma? Ela quer manchar o nome do meu hotel antes da inauguração? Não admito isso. Meu hotel não é colônia de férias de prestadores de serviço. Dê um jeito na sua filha!

— Ela viu alguma coisa e deve ter achado que era um fantasma. — Lola respondeu para o empresário na mesma altura. — Se não tivesse que trabalhar quinze, dezesseis horas por dia para o sucesso de seu empreendimento, eu teria mais tempo para cuidar da minha filha.

– Era um fantasma mesmo – Mazé agarrou-se à mãe. – Melhor irmos embora desse lugar.
– Calma, Mazé, acalme-se.
– Não foi só um fantasma que você viu aqui na ilha, não é? – perguntou Vaga-Lume. – Meu filho contou que você cruzou com um ermitão ontem perto da praia. E ele estava com uma joia que foi roubada do hotel. Será que o fantasma estava atrás do ermitão?
– Que ermitão? – Nikolaos e Angélica falaram quase ao mesmo tempo.
– Eu estava do outro lado da ilha e vi um homem barbudo, com roupas feitas de pele de bicho – confirmou a garota. – O nome dele era Simão e disse que essa ilha foi roubada de sua família.
– Que maluquice é essa? – berrou Nikolaos. – Comprei essa ilha há mais de vinte anos. Essa menina precisa ir urgentemente a um psiquiatra.
– Não fale assim da minha filha!
– É o que eu penso.
– Pode deixar que vou cuidar dela. E o senhor que cuide de sua festa. Eu estou me demitindo. Vamos embora hoje mesmo.
– Impossível. Os barcos estão todos no continente e virão apenas amanhã à noite com os convidados. Tem mais: ninguém sairá da ilha sem ser revistado. Até de ponta-cabeça se for preciso.

— Eu estou me demitindo do mesmo modo. Vou denunciá-lo por cárcere privado. O senhor que cuide de sua festa.

— Ótimo! Faça o que bem quiser. Vou ler o nosso contrato para ver o que ele estipula de multa caso você desista do trabalho. Vou processá-la.

Por estar endividada, Lola se arrependeu segundos depois daquele ato intempestivo e radical, mas não voltaria atrás. E ficou ofendida de verdade com o que ele falou sobre o psiquiatra para Mazé. Só ela tinha dimensão de tudo o que a filha tinha sofrido depois da morte do pai. Puxou a filha pelo braço e saiu em direção ao átrio. Angélica correu atrás das duas.

— É cada uma que me acontece! — desabafou Nikolaos. — Aceite o meu conselho, Vaga-Lume: nunca tenha um hotel!

— Pode ter certeza disso! Jamais terei um. Nem no Banco Imobiliário.

* * *

Quando retornou ao quarto para recarregar seu estoque de jujubas, Vaga-Lume encontrou o filho andando de um lado para o outro.

— Desse jeito você vai acabar furando o chão.

— A Mazé não me responde.

— Enquanto você está aqui no quarto, ela passou a manhã enfrentando fantasmas lá embaixo.

— O quê?

Vaga-Lume explicou em detalhes o que aconteceu. Leandro ouviu com atenção. E disse que acreditava em tudo o que a amiga havia contado.

— Você acha mesmo que a história do ermitão é verdadeira?

— Claro! Quando eu a encontrei, ela estava com cara de medo. Há coisas estranhas acontecendo aqui.

Vaga-Lume parou de falar quando ouviu uma porta batendo no corredor. Curioso, ele espiou pelo olho mágico para observar a movimentação e ficou sem palavras depois do espanto com o que viu. Samid, o intérprete do xeque, entrou no 222, o quarto mal-assombrado. O detetive farejou uma pista. Deixou o quarto literalmente na ponta dos pés e, com cautela, se aproximou do apartamento à frente. Colocou o ouvido na porta e percebeu que duas pessoas conversavam com animação em uma língua que ele não conseguiu identificar.

De volta ao quarto, Vaga-Lume foi inquirido pelo filho, curioso com a ação inesperada do pai.

— O que está acontecendo lá fora?

— O quarto 222 deveria estar vazio — explicou. — Mas acabo de descobrir que há um hóspede ali.

– Será que os hóspedes já começaram a chegar?

Vaga-Lume teve que contar toda a história do assassinato que havia acontecido no Emperor Plaza, que pertencia a Nikolaos. Comentou também sobre a conversa que teve com Angélica.

– Vamos ficar de olhos abertos sempre que ouvirmos algum barulho no corredor – pediu o detetive.

TEMOS UMA EMERGÊNCIA, VAGA-LUME!

Ao sair do banheiro, Vaga-Lume percebeu que havia uma folha de papel enfiada por baixo de sua porta. Abaixou-se, pegou a folha e teve que buscar os óculos para ler o que estava escrito.

> Todos amam o poder, mesmo que não saibam o que fazer com ele.
> Assinado: Escaravelho.

Um terceiro bilhete do Escaravelho, desta vez endereçado a ele, e não a Nikolaos. Qual a intenção do ladrão? Amedrontá-lo? Era bem provável que o Escaravelho estivesse sentindo que as investigações vinham avançando bem. Daí a intimidação a ele, concluiu Vaga-Lume. Ele releu o bilhete e ficou intrigado por ter lido a mesma frase em algum outro lugar. Lembrou onde tinha sido. Pegou o livro com que Angélica o havia presenteado e encontrou a mesma citação na página 23.

Decidiu voltar ao banheiro e abriu a ducha para tomar um banho. Gostava de pensar embaixo do chuveiro. Lembrou da história do compositor alemão Beethoven, que jogava água gelada na cabeça para raciocinar melhor. Vaga-Lume preferia água bem quente. Mas não teve tempo de se molhar. Nesse instante, o telefone do quarto tocou. Vaga-Lume correu para atendê-lo. Ouviu do outro lado da linha a voz alarmada de Nikolaos:

— Vaga-Lume, você não está ouvindo seu celular?

— Ah, desculpe, esqueci de carregá-lo ontem à noite. Deve estar sem bateria.

— Você precisa descer imediatamente aqui no meu escritório. Temos uma emergência.

— Ok, já vou descer. Preciso de apenas dez minutos.

— Te dou cinco minutos. Venha logo. Já disse que é urgente, não demore.

Leandro se assustou com o ar de preocupação do pai. Queria saber o que estava acontecendo. Teria sido algo com Mazé? O pai não soube respondê-lo. Explicou que Nikolaos tinha dito que havia uma emergência e que precisava ver o que era.

* * *

Angélica ficou quase uma hora no quarto de Lola, tentando demovê-la da ideia de ir embora. Listou uma dezena de argumentos, mas a amiga estava mesmo decidida. Angélica então jogou a toalha. Depois que Angélica saiu, a chefe do cerimonial mandou uma mensagem para Solano, contando que tinha se demitido e iria embora. Nervosa, começou a arremessar suas roupas com fúria dentro da mala. Mazé não sabia o que fazer. Preferiu ficar em silêncio, respeitando o sentimento da mãe. Vestiu-se com um short e a camiseta "Odeio drama, mas faço". Disse que desceria até o restaurante para tomar um suco e comer alguma coisa.

– Mas... e o fantasma? Você não tem medo de que ele reapareça?

– Fique tranquila, mãe. Chamei o Leandro para ir comigo. Qualquer coisa, ele me protege.

– Se houver, traga uma xícara de chá de camomila para mim – pediu Lola. – Preciso me acalmar.

* * *

Dois seguranças com roupas árabes estavam na porta do escritório de Nikolaos. Um deles esticou a mão na altura do peito de Vaga-Lume para impedir sua entrada. Lá de dentro, o dono do hotel explicou quem ele era e que poderia entrar. A ordem veio em árabe de outra voz. O segurança baixou o braço e o detetive passou pelos dois. Aquele à sua frente só poderia ser o tão comentado xeque.

Era um homem jovem, com pele marrom, olhos escuros e barba bem cuidada. O cabelo também escuro estava disposto de forma arrumada sob o tradicional *ghutra* vermelho e branco, que representa o patriotismo. A *kandura* longa, toda branca, era adornada com belos bordados, que simbolizavam sua posição de destaque. Ao lado, o intérprete Samid mostrava toda a indignação do chefe.

– Ainda bem que você chegou, Vaga-Lume! – disse Atíria, que estava junto do pai.

– Salamaleque – cumprimentou o detetive, usando uma saudação que aprendera certa vez com o dono de uma casa de esfirras de seu bairro, que se dizia árabe, mas a vizinhança desconfiava que não era.

O xeque tirou um celular enorme do bolso e começou a mostrar mensagens em árabe. Falava alto e gesticulava muito. O intérprete se esforçava para não perder nenhuma palavra.

– A imprensa de Asfaha noticiou algo bombástico esta manhã: o irmão do xeque Tarum disse em entrevista que recuperou o cetro e que ele já estava a caminho, de volta para o palácio de Takat. Ele até marcou sua posse para daqui a uma semana.

DETETIVE VAGA-LUME

Vaga-Lume engoliu em seco. O segredo do desaparecimento da peça parecia ter desmoronado.

– Devem ser *fake news* – desconversou Nikolaos.

– Os governantes estão disparando notícias falsas a torto e a direito. Temos que estar muito atentos a isso.

O xeque esbravejou algo, que o intérprete traduziu como:

– O xeque quer que o cofre seja aberto agora. Ele deseja ter certeza de que o Cetro de Spharion continua lá dentro.

Resignado, Nikolaos resolveu contar a verdade logo.

– Por favor, diga ao xeque que lamentamos muito, mas, de fato, o cetro foi roubado na noite de quarta-feira.

Assim que as palavras de Nikolaos foram traduzidas, Tarum teve um acesso de fúria. O mais engraçado era o intérprete tentando traduzir tudo, até mesmo os palavrões, sem perder a compostura:

– "Bando de incompetentes! Vigaristas! O que aconteceu? Onde está o Cetro de Spharion?"

– Vocês estão me ofendendo – reagiu Nikolaos com fúria. – Não admito ser chamado de *vigarista* em minha própria casa!

Samid fazia força para conseguir traduzir tudo.

– Nosso esquema de segurança lamentavelmente

falhou – seguiu espumando o dono do hotel. – Por culpa de um vacilo nosso, a peça foi roubada. Mas o xeque precisa saber que agimos com rapidez. Contratei o astuto detetive Vaga-Lume, que fiz questão de chamar aqui. Ele tem uma das mentes mais brilhantes do país.

Vaga-Lume riu por dentro ao ser apresentado na hora do sufoco como "uma das mentes mais brilhantes". "Como as coisas mudam", pensou.

O xeque não se comoveu com o currículo do detetive e, seguido pela dupla de seguranças, deixou a sala fazendo ameaças à reputação do dono do hotel. Tarum disse que não se sentia mais seguro naquele lugar. Iria embora e pediria asilo político em outro país. Sabia que, com o irmão no poder, ele seria perseguido e corria sério risco de morte. Fustár era uma pessoa sem escrúpulos.

– Detesto esses sujeitos que acham que têm o rei na barriga – desabafou Nikolaos.

– Nesse caso, até tem, né? – observou Vaga-Lume.

– Pelo seu próprio bem, melhor guardar as piadinhas para outra hora – cerrou os dentes o empresário.

– Tá bem – o detetive logo se corrigiu. – Se for verdade essa informação que o irmão dele deu para a imprensa, o cetro saiu da ilha de alguma maneira – comentou Vaga-Lume assim que ficou a sós com Nikolaos.

DETETIVE VAGA-LUME

— Será que foi o tal ermitão que a menina viu? — questionou o empresário.
— Mas, minutos atrás, você disse que não havia nenhum ermitão. Mudou de ideia?
— Não, não, não. Eu afirmei que não havia nenhum fantasma.
— E como esse homem abriria o cofre?
— Talvez ele não tenha aberto o cofre. Ele pode ter sido contratado para sair com o cetro daqui. Talvez ele esteja agindo em parceria com alguém de dentro — desconfiou Nikolaos.
— O tal Escaravelho — deduziu Vaga-Lume. — E voltamos à estaca zero.
— Ele mesmo — concordou Nikolaos. — Tem mais: muito provavelmente o cetro continua aqui, porque posso assegurar que ninguém saiu desta ilha depois do roubo.
— Ninguém?
— Ninguém!
— Mas ninguém, ninguém mesmo?
— Nin-guém!

NEGÓCIO FECHADO

O que chamou a atenção de Vaga-Lume é que, apesar de todos os xingamentos, Nikolaos se esforçou para manter a serenidade quando o xeque descobriu que o Cetro de Spharion tinha sido roubado. "Ele deve fazer meditação todas as noites antes de dormir", conjecturou Vaga-Lume. Aquela revelação, pelo que supunha, iria acabar com o investimento que o monarca árabe intencionava fazer em seu resort. Como ele pagaria os financiamentos no banco? A tal história iria se espalhar, e o Emperor não atrairia investidores. Ou... Nikolaos estava mesmo apostando no êxito do trabalho do detetive. "Claro, era isso!", orgulhou-se.

Vaga-Lume abriu mais um saquinho de jujubas e começou a especular algumas possibilidades. Lembrou que não havia conversado ainda com uma pessoa que poderia lhe dar informações importantes.

— Olá, Angélica. Por acaso você saberia me dizer onde posso encontrar a outra filha de Nikolaos, Ática, por favor?

— Deu sorte, detetive. Ela está tomando chá na varanda do salão de jantar. Acabei de mandar *scones* para ela.

— Não faço a menor ideia do que sejam *scones*, mas fiquei com água na boca só de imaginar.

— É uma receita inglesa de bolinhos. Se for para a varanda, mando alguns para você.

Ática estava sozinha quando Vaga-Lume se aproximou. A mulher de aparência graciosa não esperava a abordagem e ficou um pouco assustada. Tinha os olhos mais faiscantes que ele lembrava ter visto. Seu cabelo loiro estava puxado para trás em um rabo de cavalo alto e bem ajustado, sem fios soltos. Usava vestido florido de alças e sandália rasteira. As unhas pintadas de vermelho sangue combinavam com a cor do aro dos óculos.

— Olá, Ática! — apresentou-se. — Seu pai deve ter falado de mim. Sou o detetive Vaga-Lume.

— Sim, ele me falou de você — respondeu ela, com voz suave, muito parecida com a da irmã.

Vaga-Lume pediu autorização para lhe fazer algumas perguntas. Ela relutou um pouco, apresentou alguma resistência, mas acabou concordando.

— Poderia me contar como foi a noite da sua chegada ao hotel?

— Eu e meu marido chegamos aqui no meio da

tarde – respondeu, parecendo incomodada, olhando ao redor, como se estivesse esperando a ajuda de alguém. – Estávamos muito curiosos para ver o hotel. Acompanhei toda a fase de projeto e de construção pela internet. Mas aqui, presencialmente, é outra coisa. Ficou fabuloso.

– Ficou mesmo... Bem, o que vocês fizeram depois da chegada?

– Fui descansar um pouco no meu quarto por causa do fuso horário. Acabei acordando quase nove da noite e vim jantar com meu pai e minha irmã.

– Seu marido não a acompanhou?

– Não. Brian continuou dormindo. O jantar se estendeu e ficamos conversando até o começo da madrugada. Minha irmã saiu primeiro e depois meu pai também sentiu sono. Fui para o quarto e fiquei vendo programas de enigma na televisão até adormecer. Só isso.

– Você devia estar mesmo cansada. Foi uma longa viagem da Eslovênia até aqui, não foi?

– Bem longa e demorada. Não há voo direto para o Brasil. Tive que pegar um avião até Paris e depois outro avião até aqui. Mas não poderia faltar a uma ocasião tão importante para o meu pai.

– Com certeza. Quem diria que um dia ele conseguiria levantar um hotel deste tamanho?

— A nossa família tem bastante tradição no ramo. Meu avô foi dono de uma rede de hotéis em Atenas. Depois vendeu tudo e gastou o dinheiro com festas e viagens.

— É mesmo? — disse Vaga-Lume, com expressão de surpresa. — Todos os hotéis eram na Grécia?

— Não. Ele tinha um hotel na Alemanha que ficou com o tio Aquiles e a tia Dione. Tia Dafne ganhou um resort na Croácia. E meu pai recebeu de presente de formatura o Emperor Plaza, um dos primeiros cinco estrelas no Brasil. Pena que aconteceu tudo o que aconteceu.

* * *

O lanche era, na verdade, apenas um álibi para Mazé se encontrar com Leandro para a despedida. Os dois haviam trocado mensagens depois de toda a confusão. A garota queria contar pessoalmente o que havia acontecido. Acharam que seria bom conversar no salão de jogos.

— Tá tudo bem com você? — perguntou o menino.

— Agora está! Que bom que você veio. Estou com muito medo de tudo. Esse lugar é muito estranho. Não sei se você sente uma energia negativa.

— Tem até fantasma.

— Ainda bem que você e a Pimpa acreditam em mim — agradeceu Mazé.

— Claro que acredito. Por que não acreditaria? Você é minha melhor amiga.

— Sério isso? Você só me conhece há três dias.

— Eu sei. Mas, como não tenho outra amiga, você é a única e, portanto, é a melhor.

— Você também é meu melhor amigo.

— Sou? Também sou seu único amigo?

— Não. Eu tenho mais três amigos. São os únicos que não riem de mim. Mas, de todos, você é o mais legal.

— Puxa, obrigado.

— Só que seu pai não acreditou em mim.

— Ele está muito tenso. Aconteceu alguma coisa séria. O meu pai foi chamado às pressas pelo dono do hotel há uma hora mais ou menos.

— Acredita que ele disse que eu era maluca?

— Quem? O meu pai?

— Não. O Nikolaos.

— Não acredito! Que cara mais estúpido!

Os dois ouviram passos e se esconderam atrás de uma fila de máquinas de videogame. Perceberam que Nikolaos vinha caminhando ao lado de uma pessoa que não conheciam.

— O que ele disse? — perguntou Nikolaos.

— Que você foi genial e lhe mandou os parabéns.
— E sobre a compra da metade do hotel?
— O xeque confirmou que fará tudo o que foi combinado. Que o negócio está fechado.
— Que maravilha! – comemorou Nikolaos. – Faremos uma grande inauguração.

Eles saíram do salão e os garotos deixaram o esconderijo improvisado.

— Quem é esse cara que estava com o Nikolaos? – perguntou ela.
— Não faço a menor ideia – respondeu ele. – Que conversa mais estranha, né? O xeque foi roubado e mandou cumprimentar o cara que não guardou o cetro direito? Será que o xeque armou o roubo do negócio?
— Por que ele faria isso? – estranhou Mazé.
— Só pode ser para despistar o irmão dele, que também quer o cetro, sacou? – imaginou Leandro.
— Ele finge que o cetro foi roubado e aí ninguém fica mais atrás dele.
— Gênio! – aplaudiu a garota. – Eu não falei que você é um grande detetive? O caso foi solucionado. O roubo nunca aconteceu. O xeque e o dono do hotel inventaram tudo.
— Preciso contar isso para o meu pai – Leandro ficou envaidecido com os elogios da amiga. – Ele vai se espantar com a minha descoberta.

UMA SOLUÇÃO PARA O QUEBRA-CABEÇA

– Que demora! – Leandro resmungou assim que o pai entrou no quarto. – Onde você andava?

O garoto estava com um pacote de balas de goma na mão já pela metade.

– Agora entendi por que as minhas jujubas diminuíram tanto de um dia para o outro.

– Não jogue a culpa em mim, não. Foi o primeiro pacotinho que eu peguei. Mandei três mensagens no seu WhatsApp, pedindo para você subir logo.

– Desculpe, demorei a olhar o celular. Conversei com mais funcionários, analisei algumas possíveis rotas de fuga – contou Vaga-Lume. – Fiz o que Sherlock Holmes faria num caso assim. Observar, não apenas ver. Teve mais notícias de sua amiga e do fantasma?

– Tive. É sobre isso que preciso falar com você. Eu desci para me despedir da Mazé e acho que descobri quem roubou o cetro.

– Cuidado com essa menina, hein? Ela vê coisas sobrenaturais demais.

— Desta vez eu também vi, pai!
— Viu fantasmas?
— Não. Vi o dono do hotel escondido, falando umas coisas esquisitas sobre o xeque, sobre a venda do hotel.
— Explique isso melhor — Vaga-Lume arregalou os olhos.

Leandro contou tudo o que havia visto e ouvido. Falou pausadamente para não deixar de fora qualquer detalhe.

— E como era essa outra pessoa?
— Baixo, cara estranha. E usava tênis vermelhos muito chamativos.
— Tênis vermelhos? Tem certeza disso?
— Certeza absoluta.
— Algumas peças começam a se encaixar nesse quebra-cabeça — uma lâmpada se acendeu sobre a cabeça de Vaga-Lume.
— O quê, pai? — não entendeu Leandro. — O xeque está por trás disso tudo?
— Sim e não — a resposta deixou Leandro meio confuso. — Você me ajudaria a fazer uma pesquisa na internet? Acho que tenho as respostas. Só preciso tirar duas ou três dúvidas.

Leandro se sentiu importante. O pai só lhe pedia ajuda para resolver problemas corriqueiros de e-mail, de aplicativos, de compartilhamento de fotos. Coisas que qualquer criança saberia fazer. Ajudá-lo numa investigação seria a primeira vez.

– Demorou. Claro que sim. O que você quer ver?

A HORA DO XEQUE-MATE

A terça-feira chegou finalmente. Os convidados para a inauguração começariam a desembarcar na ilha no começo da noite. A equipe do hotel estava pronta para recebê-los. Antes disso, porém, Vaga-Lume foi falar com Nikolaos naquela manhã.

– E então, detetive? – cobrou o empresário. – Seu prazo termina daqui a algumas horas. Nada ainda? Apostei todas as minhas fichas no seu trabalho. Preciso desse cetro de volta antes do jantar.

– Garanto que foi uma boa aposta, e não um blefe – rebateu Vaga-Lume. – Gostaria de fazer uma reunião com todos os envolvidos para esclarecer alguns fatos.

Passou a ele uma relação de todos que deveriam estar presentes. Para acomodá-los bem, pediu que a reunião fosse no escritório de Nikolaos, junto ao cofre. Recomendou também que a porta do cofre estivesse trancada.

– O culpado está aqui na lista? – perguntou o dono do hotel.

— Saberemos daqui a pouco.

No horário combinado, a sala ficou cheia: Nikolaos, Atíria, Ática, Solano, Angélica, Lola, Samid, o intérprete, e Senghor, o homem de confiança do xeque, estavam presentes. Mazé chegou com a mãe e perguntou por Leandro.

— Ele vai aparecer daqui a pouco — respondeu Vaga-Lume.

A ansiedade era perceptível em todos os rostos. Estavam mais tensos do que curiosos. Aqueles instantes de silêncio foram apavorantes.

— Alguns convidados ainda não chegaram — apontou o detetive. — Vamos esperar mais alguns minutos?

— O xeque Tarum se recusa a descer — comunicou Senghor. — As malas de toda a família já estão prontas e ele deseja deixar o hotel e a ilha o quanto antes. Eu ficarei mais algum tempo aqui para apurar melhor as circunstâncias do desaparecimento da peça.

— Que pena que o xeque não virá... — disse Vaga-Lume, encarando o homem com um ar grave e sereno ao mesmo tempo. — Acredito que ele se arrependerá disso.

— Podemos começar? — Nikolaos estava apressado.

— Falta apenas o seu marido, não é, Ática? — comentou Vaga-Lume.

— Ele está com muita enxaqueca e também não virá — desculpou-se ela.

— Enxaqueca? Ou será que seu marido não virá porque está a dez mil quilômetros de distância daqui?

— Como assim? — assustou-se ela com a pergunta.

— Começo essa reunião contando que seu marido, o verdadeiro Brian, não está no hotel. Pelas pesquisas que fiz em redes sociais recentes, você é casada com um engenheiro alemão, muito diferente do homem que você apresentou aqui como marido.

Ática ficou em silêncio.

— Por ser da "família", da família entre aspas, ele não precisou apresentar qualquer documento para se hospedar, não é, Angélica?

— Não mesmo.

— De onde você tirou essa bobagem? — reagiu Atíria. — Ponha-se no seu lugar. Você não foi contratado para investigar a vida particular de minha irmã. Ela se separou do engenheiro alemão há alguns meses para ficar com esse novo namorado. Só isso.

— Namorado novo? Se fosse verdade, creio que os dois não estariam em quartos separados e se tratando como dois estranhos. Ática está num chalé externo. O marido postiço ficou com o quarto 222, que, Angélica me disse, deveria estar vazio.

— Exatamente — concordou a gerente de hospitalidade. — O senhor Nikolaos ordenou que esse quarto não fosse ocupado até a noite do jantar de inauguração por causa do que aconteceu no Emperor Plaza. Se tem alguém lá, eu não sabia.

— O 222 fica no mesmo andar do meu quarto e eu ouvi barulho vindo de fora. Pelo olho mágico, primeiro vi Samid entrar lá. Fiquei de tocaia e ouvi a voz de seu *marido* lá dentro. Riram muito, o papo devia estar bem interessante. Mas, se não é o seu marido, quem ele é?

Samid ergueu as pálpebras até o limite máximo. Estava com uma expressão de perplexidade nos olhos.

— Você está chamando minha filha de mentirosa? — enfezou-se Nikolaos, que tinha ficado em silêncio até então.

— Pois você fez o mesmo com a minha filha ontem, Nikolaos, esqueceu? — atacou Lola.

— Não é só ela que está mentindo, Nikolaos — afirmou Vaga-Lume em tom acusatório. — Pelo visto, isso é um mal de família.

— O que você está insinuando, Vaga-Lume? — Nikolaos ficou uma fera de vez. — Não paguei você para vir aqui ofender minha família.

— Verdade. Você me pagou para descobrir quem roubou o cetro.

— Exatamente.

— E eu descobri — afirmou Vaga-Lume.

— Diga logo quem roubou o cetro — ordenou o empresário.

Todos pararam de falar. Fitavam-se uns aos outros num profundo silêncio. Pareciam atordoados. Queriam conhecer logo o desfecho daquele mistério que atormentara a todos nos últimos dias. Quem era, afinal, o Escaravelho?

— Quem roubou o cetro foi você, Nikolaos.

O silêncio se estilhaçou como uma porta de vidro atingida por uma pedrada. Os presentes ficaram atônitos com a revelação.

— Você deve estar maluco — gaguejou o dono do Emperor.

— Só pode ser uma piada — complementou Atíria.

— Quietos, todos aqui. Eu quero ouvir o que ele tem a dizer — bateu na mesa Senghor, que imprimia respeito pelo seu tamanho. — Explique melhor o que você descobriu, detetive.

— Muito obrigado, Senghor. Vamos lá. Acompanhem o fio da história. Nikolaos disse que estava negociando a venda de cinquenta por cento do Emperor Beach Resort para um xeque árabe. E estava mesmo. Mas ele não se referia ao xeque Tarum.

Senghor, Atíria e Nikolaos fitam-se em profundo silêncio enquanto Vaga-Lume conta tudo o que descobriu. Querem saber o desfecho do mistério: quem é o Escaravelho?

— Não? — surpreendeu-se Angélica. — Ele se referia a quem?
— Ele estava negociando com o xeque Fustár, o irmão gêmeo de Tarum. Afinal, aquele é o xeque que ficou com a riqueza de Asfaha. O xeque hospedado aqui veio só com o cetro. E uma mão na frente e a outra atrás.
— Nunca imaginei que poderíamos ser traídos desta forma — Senghor ficou estarrecido com a revelação. — Fomos vítimas de um jogo sujo.
— Fustár enviou um representante para fechar o negócio com Nikolaos e para ter certeza de que o cetro seria devolvido. Para não levantar suspeitas, ele entrou disfarçado como marido de sua filha Ática, chamada às pressas de sua casa na Eslovênia. A uma hora dessas, o marido está lá, se preparando para buscar as duas netas de Nikolaos na escola.
— Esse sujeito fuçou toda a minha vida! — apavorou-se Ática, raivosa.

Totalmente seguro de si, como há muito tempo não se sentia, Vaga-Lume continuou contando as descobertas de sua investigação:
— Na noite do roubo, Nikolaos armou um plano para colocar Lola, do cerimonial, e Solano, da segurança, na sala do cofre. Assim, ele teria quem incriminar. Depois disso, bastaria tirar o cetro de lá, sem

ser visto, pois as câmeras não tinham sido instaladas ainda de propósito.

— Eles queriam me incriminar? — empalideceu-se Lola.

— Exatamente — a resposta foi seca e precisa. — Insinuaram, por exemplo, que você poderia ter roubado a chave da mesa de Nikolaos. Tudo arquitetado para deixar armadilhas pelo caminho que, de algum modo, levassem a vocês. Fui contratado para encontrar essas pistas e incriminar pessoas inocentes.

— Os bilhetes então... — começou a falar Angélica.

— Foram escritos por Atíria — completou o detetive. — Ela esqueceu a agenda dela por alguns minutos na sala que usei. Tirei uma foto com os nomes de todos os convidados. Vejam que a letra é igualzinha.

Atíria sentiu seu corpo esquentar por dentro. Solano, completamente pálido e com a boca seca, pediu a palavra.

— Para abrir o cofre, Nikolaos nos disse que duas pessoas precisariam acionar as chaves ao mesmo tempo. Quem estava com ele?

Vaga-Lume elogiou a pergunta e chegou próximo à porta do cofre. Mostrou a todos que ela estava fechada.

— O que ele disse sobre a abertura do cofre com duas chaves é verdade — explicou o detetive. — Mas nem tudo. Nikolaos jamais perdeu a sua chave. E ele muito provavelmente estava também com a chave de Atíria. Ela subiu mais cedo para o quarto para ter um álibi.

— Chega! – gritou Nikolaos. – É mentira.

— Continue, detetive – Senghor queria ouvir tudo até o final.

— Vejamos as outras chaves. Angélica e Solano, por favor, preciso que vocês acionem suas chaves do cofre agora.

Os dois apertaram o botão da chave eletrônica e a porta continuou fechada. Vaga-Lume pediu que Senghor e Solano tentassem fazer o mesmo. Mais uma vez nada aconteceu. Repetiu o procedimento com as chaves de Senghor e Angélica. Não funcionou.

— Viram só? – Vaga-Lume adivinhou mais uma.

— De fato, apenas duas das cinco chaves funcionavam de verdade. E não eram as de vocês três. Eram as chaves de Nikolaos e da filha. Nunca houve um teste para demonstrar que isso era verdade. Vocês acreditaram somente na palavra de Nikolaos.

Solano bufou e jogou a chave aos pés de Atíria.

— Mas como o cetro saiu da ilha? – era a dúvida que ainda martelava a cabeça de Senghor.

— Nikolaos fazia questão de dizer que ninguém havia saído da ilha depois do roubo. Não era verdade.

Uma pessoa, uma única pessoa deixou, sim, a ilha na manhã seguinte.

— Será que foi o ermitão que a minha filha viu? — perguntou Lola.

— Não, mãe, eu inventei essa história para te proteger. Tive medo de que você fosse o Escaravelho por causa do broche que você ia usar na festa.

— O Escaravelho, quem, eu? Não acredito nisso, Maria José. Você suspeitou de sua própria mãe?

— Lola ficou chateada com a desconfiança descabida da filha.

— Mããããe, por favor, pare de falar meu nome em público, já te pedi — a filha lançou um olhar de reprovação. — É bom que você saiba também que eu inventei a história do fantasma.

— Bom, nessa parte aí eu nunca acreditei, filha.

— Mazé é uma boa menina! — elogiou Vaga-Lume. — Ela fez tudo isso para proteger você.

— É — concordou ela.

— Te amo, filha! — uma lágrima escorreu do olho de Lola, que abraçou a garota como há tempos não fazia.

Vaga-Lume retomou a palavra:

— Quem deixou a ilha na manhã de sexta-feira foi o próprio Nikolaos. Ele esteve no meu escritório para me contratar.

— Sim — interrompeu o empresário. — Fui até aquela espelunca que você chama de escritório e depois voltei para a ilha.

— A cronologia daquele dia não está certa, Nikolaos — o detetive parou a interrupção. — Conversei com o piloto do barco no caminho para cá e ele comentou que você tinha ido de manhã para o continente. Mas só apareceu na *espelunca* do meu escritório depois do almoço. Ou seja, Nikolaos passou em algum lugar antes para despachar o cetro. A essa altura, ele deve estar mesmo chegando em Asfaha.

Todos ouviam o detetive com atenção. Nikolaos acompanhava a explicação perplexo. Atíria balançava a cabeça em sinal de reprovação o tempo todo. Ática escondia o rosto com as mãos.

— Então o Nikolaos era o próprio Escaravelho? — concluiu Angélica.

— Vejam só: Kárabos, sobrenome dele, significa "escaravelho" em grego. Quando cheguei aqui, ele me contou uma história toda melodramática, dizendo que foi um menino órfão, pobre, para ganhar a minha empatia. Uma grande mentira.

— Estou chocada — disse Angélica.

— Vou lhe contar outra coisinha: o Samid aqui estava fritando o peixe com um olho no gato e outro na frigideira.

— O que você está querendo dizer com isso? — Samid não entendeu a metáfora.

— Estou querendo dizer que você é um agente duplo. Trabalhava para o xeque Tarum, mas foi cooptado pelo irmão dele, o xeque Fustár. Aceitou mudar de lado porque sabia que Tarum não conseguiria seguir no poder. Era Samid quem ajudava Nikolaos a se comunicar com o emissário de Fustár.

O intérprete ficou encolhido no sofá. Parecia até que seria engolido pelo encosto.

— Pai, você não disse que tinha contratado um detetive totalmente desqualificado, que jamais descobriria o nosso plano? — bronqueou Ática.

— Desqualificado é o seu pai — tomou as dores Lola. — Aprendam que o açúcar pode ser amargo.

— Digamos que, na hipótese de tudo isso ser verdade, o que você pretende fazer? — a saliva espumava no canto da boca de Nikolaos. — Eu posso apenas ter devolvido o cetro para o verdadeiro dono. Para o povo de Asfaha, eu devo ser um herói.

— Herói? Herói? — Senghor ficou furioso. — Fustár é um tirano. Assumiu o trono que não lhe pertence. Mandou prender a própria mãe, que foi contra o golpe. Decretou pena de morte para quem criticar o seu reinado. Fechou os jornais, as rádios e as emissoras de TV independentes. Anunciou que

DETETIVE VAGA-LUME

as mulheres estão proibidas de dirigir, de frequentar bibliotecas e até mesmo de fazer curso universitário. Expulsou os jornalistas estrangeiros que estavam no país. E isso é só o começo.

— Prendeu a mãe? — horrorizou-se Lola.

— Proibir as mulheres de estudar? Em que século ele vive? — horrorizou-se também Mazé.

— Que belo discurso, Senghor. O que você e seu xeque vão fazer agora? Nunca mais poderão voltar a Asfaha. E você, Vaga-Lume, vai me prender? — zombou Nikolaos.

— Claro que não — respondeu o detetive. — Na verdade, esse foi o meu primeiro caso importante e eu queria colocá-lo no meu portfólio. Por isso, eu chamei vocês aqui e pedi para o meu filho fazer uma transmissão ao vivo na internet.

Para surpresa geral, Leandro saiu de trás da cortina com o celular ligado e apontando para o grupo:

— Ainda bem que deu tempo de você contar tudo. A bateria já estava acabando.

As revelações vinham acontecendo na velocidade de uma grande bola de neve numa avalanche. Era uma atrás da outra:

— E, a pedido do detetive Vaga-Lume, pouco antes da reunião, eu enviei o link dessa transmissão a todos os convidados do jantar de gala — contou Angélica.

— Aliás, já tivemos sessenta cancelamentos de convidados nos últimos quinze minutos. Agora sessenta e dois, sessenta e seis, *opa*, sessenta e oito, setenta...

Nikolaos ameaçou se levantar para tirar o celular das mãos do menino, mas foi impedido por Senghor.

— Já posso terminar a transmissão? — perguntou Leandro.

— Ainda não terminei. Deixa só eu fazer o encerramento. — E olhando para a câmera: — "Se você precisa de um detetive para resolver os casos mais obscuros, não fique no escuro, procure por Vaga-Lume. Anote o número do meu telefone. Conte com o detetive Vaga-Lume". Ok, pode desligar agora e não esquece de salvar o vídeo, filhão.

— Mandou bem, pai — vibrou Leandro. — O próximo passo será criar uma página no TikTok para você. Vamos criar até a "Dança do Vaga-Lume" para viralizar o seu trabalho.

Os dois trocaram um forte abraço.

— Eu estou me demitindo neste exato momento — disse Angélica. — Vou explicar tudo aos funcionários. Tim-tim por tim-tim.

— Você não pode fazer isso — tremia Atíria.

— Não só posso como vou fazer. Quero ver você tentar me impedir. Quem manda já morreu, querida!

– Seu pai é o máximo – Mazé cochichou no ouvido de Leandro, que ficou todo orgulhoso. – E você também. Que ideia incrível fazer essa *live*.

Leandro não entendia muito bem ainda o comportamento de garotas, porém, passou a acreditar que, em algum momento, Mazé poderia ser sua primeira namorada.

* * *

Senghor pegou Nikolaos pelo braço sem nenhuma delicadeza e disse que o levaria até o quarto do xeque Tarum naquele exato instante, para que ele ouvisse o relato de como tudo acontecera.

– Você está me machucando – reclamou. – Não precisa me apertar tão forte.

– Fique calado e venha comigo – ordenou Senghor.

– Socorro, Solano! – gritou Nikolaos. – Chame os seguranças e venham me ajudar. Não vou subir pra lugar nenhum com esse sujeito.

– Não trabalho mais para gente de sua laia, Nikolaos – despediu-se Solano. – Boa sorte com o xeque.

Aproveitando-se da confusão, Samid tentou sair de fininho, mas seu plano de fuga foi detectado pelo chefe de segurança, que o puxou de volta para a sala. Solano, então, o entregou para Senghor, que tinha chamado o resto de sua equipe.

– Você vai junto também, Samid – avisou Senghor. – No caminho até o quarto do xeque, vou contar como costumamos lidar com traidores.

– Eu sei como é – o intérprete entrou em desespero.

TUDO O QUE VOCÊ PRECISA É DE UMA CHANCE

No barco, de volta para o continente, Vaga-Lume sentou-se ao lado de Lola. Os dois ficaram no deque da proa. Leandro e Mazé foram convidados pelo capitão para conhecerem o timão e os comandos de navegação.

— Muito obrigado por ter me defendido — agradeceu Vaga-Lume.

— Não precisa agradecer, falei de coração — derreteu-se Lola. — Fiquei encantada com o seu trabalho. Foi de uma crueldade sem tamanho o que esse homem fez com o xeque. Não me conformo com o que ele pretendia fazer conosco. Você desmascarou essa família gananciosa. Com o perdão do trocadilho, esse trabalho acabou sendo um presente de grego para você, não foi? Quem vai lhe pagar agora?

— Pelo menos, ele fez o Pix de metade quando cheguei à ilha. Já dá para pagar uns boletos atrasados — brincou ele.

— O que você pretende fazer agora? Qual será o próximo caso? Ou não se deve perguntar isso a um detetive?

— Não tenho nenhum trabalho em vista ainda. Mas fiquei muito feliz com toda essa história. Provei para mim mesmo que sou capaz de fazer uma grande investigação. Antes, todos faziam troça de mim, riam dos casos que eu pegava. Até parentes e amigos. Fui vítima de todo tipo de preconceito que você possa imaginar e comecei a me retrair.

— Imagino a dor que você deve ter sentido — solidarizou-se Lola.

— Tudo porque quis seguir um sonho que nasceu nas páginas dos livros de detetive que meu pai comprava para mim. Olha, cheguei a acreditar que eu era ruim mesmo. Mas, muitas vezes, tudo o que a gente precisa é de uma chance para provar que sabe fazer. Queria que meu pai, o grande professor Anderson, estivesse aqui hoje para me ver.

— Quanta emoção — Lola ficou comovida com o relato de Vaga-Lume e teve vontade de chorar. — Nada é tão nosso quanto os nossos sonhos.

— Que frase mais linda! — Vaga-Lume também se emocionou.

— É linda, sim, mas não é minha, não. Eu li naquele livro de frases que a Angélica me deu. Tenho certeza de que você mudará de patamar depois de tudo o que aconteceu naquela ilha. Posso até ajudá-lo. Um amigo meu é jornalista. Roberto Malta, do *Notícias e Debates*, conhece? Vou dar um telefonema. Ele vai se interessar em fazer uma grande reportagem com você. Vai ter fila na porta do seu escritório.

– Você faria isso por mim? – perguntou Vaga-Lume.

– Faria não, farei.

– Nem sei como te agradecer. Vai ser a primeira reportagem sobre meu trabalho.

– Não se preocupe em agradecer. Você já me salvou da armadilha desse Nikolaos. Tudo o que eu quero agora é voltar para minha vida normal. Vou procurar um advogado e processá-los. Tenho várias festas agendadas e ocuparei a minha mente exclusivamente com isso.

– Ah, não quero parecer intrometido, mas gostaria de saber um pouco mais de você.

– Minha vida não é tão interessante quanto a sua. Nasci numa cidadezinha chamada Canaviápolis e me mudei com meus pais para a capital aos sete anos. Sou formada em arquitetura, mas acabei migrando para a área de eventos.

– Que mudança radical!

– Trabalho muito. Nos horários em que as pessoas estão se divertindo, à noite e nos fins de semana, eu estou trabalhando. Sou viúva há doze anos. Nunca tive outro namorado, mas sinto falta de carinho. Cuido da Mazé e da casa sozinha. Tenho três cachorrinhos, Napoleão, Fox e Pingo, faço pilates, o que mais? Deixa eu pensar...

— Três cachorros? Eu tenho só um gato que me dá um trabalhão. Continue contando.

— Tem certeza disso?

— Certeza absoluta.

— Na adolescência, fui jogadora de vôlei no time Baleia Azul e disputei até um campeonato sul-americano mirim no Peru. Também já... Espera um pouco. Isso não é justo. Quero saber um pouco de você antes.

— O quê, por exemplo? — sorriu ele.

— Imagino que seus pais não batizaram você de Vaga-Lume, acertei?

— Não mesmo. Meu pai queria que eu me chamasse Ray por causa do músico Ray Charles. Ele era muito fã do Ray Charles. Mas minha mãe bateu o pé e disse que eu teria o mesmo nome do pai dela, o vô Marcos. No final das contas, nenhum dos dois cedeu e decidiram que eu me chamaria Marcos Ray.

— Que nome mais bonito: Marcos Ray. Gostei. Eu também quis homenagear os meus avós quando dei o nome à minha filha. Se nascesse menino, seria José

Maria. Se nascesse menina, seria Maria José. Tenho uma foto dos dois no meu celular, deixa eu te mostrar.

E, ao abrir a bolsa para apanhar o aparelho, Lola surpreendeu-se ao encontrar o broche do escaravelho, que pensava ter sumido.

– Ah, o danadinho estava aqui o tempo todo – disse Lola, mostrando a peça ao detetive. – Acredita que eu ia usá-lo no jantar de inauguração do hotel? Eu o procurei em todos os cantos no quarto e não o encontrei. Deve ter sido um sinal.

Lola riu, olhou bem para o broche, pensou um pouco e o atirou ao mar. Com força, para que ele fosse bem longe.

– O que você fez? – surpreendeu-se Vaga-Lume.

– Eu pego para você.

O detetive ergueu-se com rapidez e fez um movimento de que iria pular do barco para salvar a peça.

– Nem pense em mergulhar atrás dele – disse ela.

– Lembre-se de que você não é o instrutor de natação.

– Não sou mesmo – riu ele. – Preciso confessar que também não sei nadar.

– Eu joguei de propósito. Sei que, lá do céu, a minha vozinha Edith vai me desculpar. Ela me deu o broche de presente de crisma. Mas não quero saber de escaravelhos por um bom tempo, se é que você me entende.

E, no momento em que trocavam olhares que pareciam penetrar a alma um do outro, Mazé se materializou diante dos dois. Esticou a mão e entregou a oncinha de pelúcia para a mãe:

— Você guarda a Pimpa para mim?

Deu meia-volta e foi novamente ao encontro do amigo na outra ponta do barco. Lola percebeu ali a felicidade da filha, que parecia não ser diferente da que ela mesma estava sentindo naquele momento. Daí a pouco, a mãe percebeu que Mazé e Leandro conversavam de mãos dadas.

— Aceita uma jujuba? — perguntou Vaga-Lume.

— Aceito! — serviu-se Lola, aconchegando-se no ombro de Vaga-Lume, enquanto observava a ilha ficando cada vez menor na linha do horizonte.